查單字 —— 用字典

查句子 —— 用字典

查有生命的句子 ——
用「英文三句金寶典」

寫信 ── 過時了

傳簡訊 ── 無法持久

上網談戀愛 ── 實在太危險

在快手、抖音 ── 交到高檔的、
留言區用英文交流 ── 志同道合的好朋友

「單詞教父劉毅」是全世界
唯一英語留言平台，天天用
英文交流，天天進步。人生
最大的快樂就是進步。

英文不必辛苦學習，只要使用、使用、使用、再使用。「英文三句金寶典」協助你寫出高檔英文，你的英語會充滿無比的吸引力。

為什麼全世界的英語教育都失敗了?

✗ 1. **背單字** ⇨ { 今天背,明天忘,
　　(沒有用)　　　 背了也是白背,吃大虧了!

? 2. **背句子** ⇨ { 比背單字好,但一句多義,
　　(沒有用)　　　 你不知何時使用。

👑 你的機會來了!

大家不會說,也不會寫,你更有機會出人頭地!
「英文三句金寶典」是你的靠山!

1. 不需要背。

2. 馬上可以在「快手」和「抖音」的
　「單詞教父劉毅」的網站上使用。

3. 想說什麼,查「英文三句金寶典」,
　找出你要的句子,抄就對了。

4. 抄、抄、抄,不斷地抄,抄多了,
　就會變成自己的語言。

「英文三句金寶典」使用的是Perfect English

用 Perfect English 說出來的話,會給你帶來無限
的財富,說得越多, 你賺的錢越多。

| 聽到你說
Perfect English | → | 朋友增加 | → | 人脈即金脈 |

什麼是Perfect English？

Perfect English 比治療癌症的藥還厲害，說起來讓你心曠神怡，精神百倍，比吃人蔘還有效。一說出來，你就有精神了。

Ordinary English
一般英文

Thank you. 謝謝。
有說等於沒說，別人
不會有感覺。

Perfect English
高檔英文

You're so kind. 你真好。
You touch my heart.
　你感動了我的心。
Your words move me.
　你的話讓我很感動。

一開口就說三句，誰聽
了不喜歡？說話的人更
快樂無比！

再利用「快手」或「抖音」上「單詞教父劉毅」的網站，在留言區和劉毅老師一對一交流，使用「英文三句金寶典」的內容，潛移默化，你的英文會越寫越好。一開口就說出Perfect English，天天進步，讓你有成就感，信心十足，和全世界的人用英文交流，得到的正能量，超出你想像。學做一個傳播正能量的演說家，收入無上限。有錢、有錢、變得很有錢，志同道合的朋友越來越多，你會和劉毅老師一樣，變成全世界最幸福的人。

CONTENTS

📓 本書製作過程大公開！

1. 把平常每天都可以說的話，傳給在紐約的美籍說話專家 Edward McGuire，由他寫出 Perfect English，必須容易記得，合乎中國人的思想。例如，中國人說「消除口臭」，美國人說 keep your breath fresh，我們則選擇 take away your bad breath 才好記，每句話都精挑細選，平均五句才能選出一句。

Edward 和劉毅老師

2. 「英文三句金寶典」所有句子都是 Perfect English（高檔英文），所謂「高檔英文」就是正確、美國人常說的道地英文，有感情、有生命，說出來動人，有吸引力，別人喜歡聽。以後在網站上評論區留言或平時說話，都使用得到，你會越來越受歡迎。

3. 由主編謝靜芳老師和蔡琇瑩老師負責翻譯，翻譯必須符合字面意思，絕不避重就輕。

4. 前後傳給美國文法權威教授 Laura E. Stewart 校對四次以上，句子務必正確。

5. 由資深排版專家黃淑貞小姐和蘇淑玲小姐負責版面設計，每一頁都賞心悅目。美術編輯主任白雪嬌小姐負責整體設計，整本書是一個藝術品。本書由美麗的 Stephanie Hesterberg 錄音，她的聲音會讓你著迷，聽了還想再聽。

6. 這本書就是一本查高檔英文的句典，集合所有好的句子，把「學習出版公司」曾經出版的「說英文高手」、「演講式英語」等書精華中的精華，都收錄在裡面。

劉 毅
2021 年農曆新年
2 月 12 日

1. 社交生活
Enjoying Social Life

用手機掃瞄聽錄音

□ **1.** ***Nice meeting you.***　　很高興認識你。
　　Nice talking to you.　　很高興能和你說話。
　　Hope to see you again.　　希望能再次見到你。
　　【和新朋友道別時說這三句話】

□ **2.** ***What's your number?***　　你的電話號碼幾號？
　　Mind if I call you?　　你介意我打電話給你嗎？
　　I can give you mine.　　我可以給你我的電話號碼。

□ **3.** ***Text me.***　　傳簡訊給我。
　　Message me.　　傳訊息給我。
　　Send me a message.　　傳個訊息給我。

** ———————

1. meet〔mit〕*v.* 遇見；認識
　　Hope to see you again. 是由 I hope to see you again. 簡化而來。
2. number〔'nʌmbə〕*n.* 號碼；電話號碼　　mind〔maɪnd〕*v.* 介意
　　Mind if I call you? 源自 Do you mind if I call you?
　　mine 在此指 my number（我的電話號碼）。
3. text〔tɛkst〕*n.* 簡訊　　*v.* 傳簡訊給（某人）
　　message〔'mɛsɪdʒ〕*n.* 訊息　　*v.* 傳訊息給（某人）
　　send〔sɛnd〕*v.* 寄；送；傳遞

text

1. 社交生活

□ **4.** ***Keep in touch****. | 要保持連絡。

Don't disappear. | 不要消失。

Don't forget about me. | 不要忘了我。

【和朋友道別時可以說這三句話】

□ **5.** ***We'll do fine****. | 我們會很好。

We'll get along great. | 我們會處得很好。

We'll be bosom buddies. | 我們會成為知心的兄弟。

□ **6.** ***Let's meet again****. | 我們再見一次面吧。

It was a good time. | 我玩得很愉快。

I owe it all to you. | 這全都要歸功於你。

** ——————

4. touch〔tʌtʃ〕*n.* 觸摸；接觸　　***keep in touch*** 保持連絡
disappear〔͵dɪsə'pɪr〕*v.* 消失　　***forget about*** 忘記
5. do〔du〕*v.* 做；行動；表現；進展
fine〔faɪn〕*adv.* 很好（ = *very well* ）
get along 相處　　great〔gret〕*adv.* 很好
bosom〔'buzəm〕*adj.* 知心的
buddy〔'bʌdɪ〕*n.* 夥伴；兄弟
6. meet〔mit〕*v.* 會面
It was a good time*. 也可說成：I had a good time.（我玩得很
愉快。）　　owe〔o〕*v.* 欠；歸功於
owe sth. to sb. 把某事歸功於某人

【和朋友相約見面】

☐ 7. *You free?*　　　　　　　　｜ 你有空嗎？

　　You available?　　　　　　｜ 你有空嗎？

　　Do you have time?　　　　　｜ 你有時間嗎？

☐ 8. *Want to hang out?*　　　　｜ 要聚一聚嗎？

　　Want to get together?　　　｜ 要聚一聚嗎？

　　Let's spend some time　　　｜ 我們一起聚一聚吧。
　　　together.

☐ 9. *Where?*　　　　　　　　　　｜ 在哪裡？

　　What place?　　　　　　　　｜ 什麼地方？

　　What location?　　　　　　　｜ 什麼地點？

** ————————————

7. *You free?* 是 Are you free? 的省略。
　free〔fri〕*adj.* 有空的
　You available? 是 Are you available? 的省略。
　available〔ə'veləbḷ〕*adj.* 有空的

hang out

8. *hang out* 出去玩；和朋友在一起
　Want to hang out? 是由 Do you want to hang out? 簡化而來。
　together〔tə'gɛðɚ〕*adv.* 一起　　*get together* 聚在一起
　Want to get together? 是由 Do you want to get together? 簡化
　　而來。
　spend〔spɛnd〕*v.* 度過

9. location〔lo'keʃən〕*n.* 地點

□ **10.** ***When should we meet?*** 　我們該什麼時候見面？

　　What time should we 　我們該什麼時候見面？
　　meet?

　　Morning, afternoon, or 　早上、下午，還是晚上？
　　night?

□ **11.** ***Please show up.*** 　請你要出現。

　　Please attend. 　請你要參加。

　　Be there or be square. 　我們不見不散。

　　【和朋友相約時可以說這三句話】

□ **12.** ***I'll be there on time.*** 　我會準時到那裡。

　　On the dot. 　我會準時。

　　On the nose. 　我會準時。

** ────────────────

10. meet〔 mit 〕*v.* 會面

11. ***show up*** 出現　　attend〔 əˋtɛnd 〕*v.* 參加

　square〔 skwɛr 〕*adj.* 落伍的；古板的　*n.* 落伍的人；無趣的人

　Be there or be square. 字面的意思是「你一定要去，否則你就是
　　個無趣的人。」引申為「我們不見不散。」

12. ***on time*** 準時　　dot〔 dɑt 〕*n.* 點　　***on the dot*** 準時

　On the dot. 源自 I'll be there on the dot.

　nose〔 noz 〕*n.* 鼻子

　on the nose 準確地；精確地

　On the nose. 源自 I'll be there on the nose.

on time

1.
社交生活

☐ 13. ***Let's hang out***. 　我們聚一聚吧。

　　Let's spend time together. 　我們聚一聚吧。

　　I enjoy being with you. 　我喜歡和你在一起。

☐ 14. ***We'll meet at seven***. 　我們七點碰面。

　　Be on time. 　要準時。

　　Don't be late. 　不要遲到。

☐ 15. ***My door is open***. 　我的門是開著的。

　　You are always welcome. 　隨時歡迎你。

　　You have an open
　　invitation. 　隨時都歡迎你來。

** ——————————

13. ***hang out*** ①待在這裡②聚一聚

　　Let's hang out. = Let's hang around.

　　　= Let's spend time together.

　　spend〔spɛnd〕*v.* 度過　　together〔tə'gɛðɚ〕*adv.* 一起

　　enjoy〔ɪn'dʒɔɪ〕*v.* 喜歡

14. ***on time*** 準時　　late〔let〕*adj.* 遲到的

15. open〔'opən〕*adj.* 開著的；開放的；不限制的

　　welcome〔'wɛlkəm〕*adj.* 受歡迎的

　　invitation〔ˌɪnvə'teʃən〕*n.* 請帖；邀請

invitation

　　open invitation 無時間限制的邀請；隨時有效的邀請

　　【一般的請帖（invitation）上面都會註明時間，但是給人家一個沒
　　註明時間的請帖，就叫作 open invitation，表示隨時都歡迎他來】

【和朋友說在路上了，快到了】

□ 16. *I'm out the door*.　　　　　我出門了。

　　 I'll be there in a　　　　　我馬上來。
　　　 minute.

　　 I'll be there shortly.　　　　我立刻就到。

□ 17. *I'm coming*.　　　　　　　我來了。

　　 I'm on my way.　　　　　　我在路上了。

　　 I'll be there soon.　　　　　我很快就到了。

□ 18. *Welcome*.　　　　　　　　歡迎。

　　 Come on in.　　　　　　　進來吧。

　　 Make yourself at home.　　　不要拘束。

** ———————————————

16. *be out the door* 出門
　　minute ('mɪnɪt) *n.* 分鐘；片刻　　*in a minute* 立刻
　　shortly ('ʃɔrtlɪ) *adv.* 立刻；不久
　　I'm out the door. 未必是指真正出門，如果你在家接到電話，
　　　你也可以說：*I'm out the door.* 當然，如果你真的已經出門，
　　　上了汽車，接到電話，也可說：*I'm out the door.* I'm just
　　　getting in my car. (我出門了。我剛上車。)
　　注意：*I'm out the door.* 不可說成 *I'm out of the door.* (誤)

17. *on one's way* 在途中　　soon (sun) *adv.* 不久；很快

18. *come on in* 進來吧　　*make oneself at home* 不拘束

1.
社交生活

□ 19. *I can't make it*.　　　　我不能去了。

Something came up.　　有事情發生。

Another time, OK?　　　改天，好嗎？

□ 20. *I have to cancel*.　　　我必須取消。

Let's reschedule.　　　　我們重新排定時間吧。

Can I have a rain　　　可以改天嗎？
　　check?

【有事取消約會可說上面六句話】

□ 21. *Keep in touch*.　　　　要保持連絡。

Drop me a line.　　　　　要寫封信給我。

Don't be a stranger.　　不要不連絡。

** ————————————

19. *make it* 成功；辦到；能來　　*come up* 發生
　　another time 下次；換個時間；改天
　　Another time, *OK*? 也可說成：Let's meet another
　　　time, OK? (我們改天再見面，好嗎？)

20. cancel〔'kænsḷ〕v. 取消
　　reschedule〔ri'skɛdʒul〕v. 重新安排時間；改期
　　rain check ①貨到優先購物憑單 ②雨天換票證；
　　　（球賽等）因雨改期延期票 ③延期；改期

21. touch〔tʌtʃ〕n. 接觸；連絡　　*keep in touch* 保持連絡
　　line〔laɪn〕n. 短信　　*drop sb. a line* 寄給某人一封短信
　　stranger〔'strendʒɚ〕n. 陌生人

rain check

☐ 22. ***Sorry, I'm late***.　　　抱歉，我遲到了。

You had to wait.　　　你必須等。

I was held up.　　　我被耽擱了。

☐ 23. ***It's OK***.　　　沒關係。

I'm glad you showed　　　我很高興你出現了。
　 up.

Better late than never.　　　遲到總比不到好。

☐ 24. ***You're fun to be with***.　　　和你在一起很愉快。

You're lots of fun.　　　你非常風趣。

You're a good time.　　　和你在一起很愉快。

＊＊————————————

22. late〔let〕*adj.* 遲到的

hold up 延遲；使停頓；阻礙

late

23. 朋友遲到了，說 "You're late." 會讓人不舒服，要說這三句話。

OK〔'o'ke〕*adj.* 好的；沒問題的

glad〔glæd〕*adj.* 高興的　　***show up*** 出現

Better late than never. 是諺語，意思是「遲做總比不做好。」

在此引申為「遲到總比不到好。」源自 It's better for someone

or something to be late than to never arrive.

24. fun〔fʌn〕*adj.* 有趣的　*n.* 樂趣；有趣的人或事物

You're a good time. 字面的意思是「你是一段美好的時光。」

引申為「和你在一起很愉快。」(＝ *I have a good time being*

with you.)

□ 25. ***You go first***.　　　　你先走。

You go ahead.　　　　你先走。

You can take off.　　　你可以離開。

□ 26. ***This is my new hangout***.　這是我新的常來的地方。

I can be myself here.　我在這裡能很自在。

This is where I hang　我常來這裡。
　　my hat.

□ 27. ***See you soon***.　　　待會見。

See you around.　　待會見。

Have a good one.　　祝你有美好的一天。

** ————————

25. ***go ahead*** 先走

　　take off 起飛；脫掉；離開

26. hangout〔'hæŋ,aʊt〕*n.* 常去的地方

　　be oneself 行動自然；舒服

　　hang〔hæŋ〕*v.* 懸掛

hang my hat

This is where I hang my hat.「這是我掛帽子的地方。」也就是
　　這個地方像是我家一樣，表示「我常來這裡。」

27. soon〔sun〕*adv.* 很快　　　***See you***. 再見。

　　See you soon. 待會見。　　around〔ə'raʊnd〕*adv.* 在附近

　　See you around. 待會見。

　　Have a good one. 也可説成：Have a good day.（祝你有美好
　　的一天。）

□ **28.** *We like meeting people.*   我們喜歡認識朋友。
We love making friends.   我們很愛交朋友。
That's our big thing in   那是我們生活中的大事。
     life.

□ **29.** *It was fun.*   很有趣。
Let's do it again.   我們下次再約。
Take it easy.   再見。

□ **30.** *I have to run.*   我必須走了。
I have to leave.   我必須離開。
I'm out of time.   我沒有時間了。

**

28. meet〔mit〕*v.* 認識   *make friends* 交朋友
thing〔θɪŋ〕*n.* 事情；行為；特質；自己很喜歡或拿手的活動
   【如：Baseball is his thing.（他很喜歡棒球；他打棒球很拿手。）】
our thing 我們很喜歡做的事（= *what we love to do*）
That's our big thing in life.「那是我們生活中的大事。」也就是
   「那是我們很喜歡做的事。」也可說成：That's our passion.
   （那是我們的愛好。）【passion〔ˈpæʃən〕*n.* 熱情；愛好】

29. *Let's do it again.*「我們再做它。」引申為「我們下次再約。」
   或「我們下次再出去。」（= *Let's go out again.*）
take it easy ①放輕鬆 ②再見

30. run〔rʌn〕*v.* 跑   leave〔liv〕*v.* 離開   *out of* 沒有

□ **31.** ***Hey!*** 　　　　　　　　　　嘿！

Hi! 　　　　　　　　　　　　嗨！

Hello! 　　　　　　　　　　哈囉！

□ **32.** ***Long time no see.*** 　　好久不見。

What a surprise! 　　　　眞令人驚訝！

How nice to see you! 　看到你眞好！

□ **33.** ***It's OK***. 　　　　　　　　沒關係。

Forget it. 　　　　　　　　沒關係。

Don't worry about it. 　別擔心那件事。

【別人說：I'm sorry. 時，你可以回答這三句話】

□ **34.** ***I'm going first***. 　　　我先走。

I'm leaving first. 　　　我先離開。

I have to go. 　　　　　我必須走。

HELLO

** ————————————

31. hey〔he〕*interj.* 嘿　　hi〔haɪ〕*interj.* 嗨

hello〔hə'lo〕*interj.* 哈囉

32. surprise〔sə'praɪz〕*n.* 驚訝　　how〔haʊ〕*adv.* 多麼地

33. OK〔'o'ke〕*adj.* 好的；沒問題的　　forget〔fə'gɛt〕*v.* 忘記

Forget it. 算了吧；沒關係；別再提了。

worry〔'wɝɪ〕*v.* 擔心　　***worry about*** 擔心

2. 逛街購物
Going Shopping

用手機掃瞄聽錄音

2.
逛
街
購
物

☐ 35. ***Let's meet out front.***　　　我們在門口碰面吧。

　　　By the entrance.　　　在入口旁邊。

　　　At the front door.　　　在前門。

☐ 36. ***When do you open?***　　　你們何時開門？

　　　When do you close?　　　你們何時打烊？

　　　What are your hours?　　　你們的營業時間是什麼時候？

【詢問店員可說上面這三句話】

＊＊────────────

35. meet〔mit〕*v.* 會面　　front〔frʌnt〕*n.* 前面　*adj.* 前面的
out front 在門外；在正門外面（= *out in front of the door*）
中國人說的「門口」，並不是 *the mouth of the outside door*（誤），
　　而是 out in front of the door（在門的前面的外面），簡化說成
　　out front（在門外），即我們說的「在門口」。
Let's meet out front. = Let's meet outside in front of the door.
　　= Let's meet out in front of the door.
by〔baɪ〕*prep.* 在…旁邊
entrance〔'ɛntrəns〕*n.* 入口　　***front door*** 前門

Entrance

36. open〔'opən〕*v.*（商店）開始營業；開門
When do you open? 也可說成：What time do you open?
close〔kloz〕*v.*（商店）關門；打烊
hours〔aʊrz〕*n. pl.* 辦公時間【在此指 business hours（營業時間）】

□ 37. *I'm just looking around*.　我只是隨便看看。
　　Just browsing.　只是隨便看看。
　　If I have a question, I'll　如果我有問題，我會問。
　　ask.

【店員問你 "May I help you?"，你可以說這三句話回答】

□ 38. *Wait a while*.　等一下。
　　It won't be long.　不會太久。
　　Just sit tight.　只要留在原處等候。

□ 39. *I'm looking for T-shirts*.　我在找 T 恤。
　　I want to buy polo shirts.　我想要買 polo 衫。
　　Do you have any?　你們有嗎？

polo shirt

** ——————————

37. *look around* 環顧四周；隨便看看
　　browse〔brauz〕*v.* 瀏覽；（在商店等）隨意觀看商品
　　Just browsing. 源自 I'm just browsing.
38. while〔hwaɪl〕*n.* 短時間　　tight〔taɪt〕*adv.* 緊緊地；完全地
　　sit tight 坐穩；靜止不動（= *not move*）；留在原處等候（= *stay*
　　where you are; *wait patiently without taking any immediate*
　　action）
39. *look for* 尋找　　T-shirt〔'ti,ʃɝt〕*n.* T 恤
　　polo〔'polo〕*n.* 馬球　　*polo shirt* polo 衫；馬球衫
　　Do you have any? 也可說成：Do you have any in stock?（你們
　　有貨嗎？）【stock〔stɑk〕*n.* 存貨　　*have…in stock* 有…的存貨】

□ 40. ***Do you have my size?*** ┊ 你們有我的尺寸嗎？

I'd like a loose fit. ┊ 我想要寬鬆修身的款式。

I like light colors. ┊ 我喜歡淺色。

□ 41. ***May I try this on?*** ┊ 我可以試穿這個嗎？

Where is the fitting
room? ┊ 試衣間在哪裡？

Should I leave my things
here? ┊ 我應該把我的東西留在這
裡嗎？

□ 42. ***It's a good price.*** ┊ 這是個好價錢。

It's a good deal. ┊ 它很划算。

It's a bargain. ┊ 它很便宜。

**——————————————

40. size〔saɪz〕*n.* 尺寸　　***I'd like*** 我想要（= *I want*）

loose〔lus〕*adj.*（衣服）寬大的；鬆的

fit〔fɪt〕*n.*（衣服等的）合身；合身的衣服　　***loose fit*** 寬鬆修身

light〔laɪt〕*adj.*（顏色）淡的；淺的　　color〔'kʌlɚ〕*n.* 顏色

41. ***try on*** 試穿　　fitting〔'fɪtɪŋ〕*n.* 試穿；試衣

fitting room 試衣間　　leave〔liv〕*v.* 留下

Should I leave my things here? 也可說成：Should I leave my
bag here?（我應該把我的袋子留在這裡嗎？）或 May I take
my things in?（我可以把我的東西帶進去嗎？）

42. price〔praɪs〕*n.* 價格　　deal〔dil〕*n.* 交易

a good deal 划算的交易　　bargain〔'bɑrgɪn〕*n.* 便宜貨

□ **43.** ***Can I exchange this?*** | 我可以退換這個嗎？
　　Can I get a refund? | 我可以退錢嗎？
　　Here is my receipt. | 這是我的收據。

□ **44.** ***I hate to ask.*** | 我真不願意開口。
　　I'm short of cash. | 我缺現金。
　　I need some money. | 我需要一些錢。

□ **45.** ***Let's split up.*** | 我們分開走吧。
　　You go your way. | 你走你的。
　　I'll go my way. | 我走我的。

□ **46.** ***It's out of order.*** | 它故障了。
　　It's broken. | 它壞了。
　　It doesn't work. | 它無法運作。

【看到機器故障，你就說這三句話】

** ————————————

43. exchange〔ɪksˋtʃendʒ〕v. 交換；退換【退貨則用 return】
　　refund〔ˋriˏfʌnd〕n. 退錢　　receipt〔rɪˋsit〕n. 收據
44. hate〔het〕v. 討厭　　short〔ʃɔrt〕adj. 缺乏的
　　be short of 缺少（＝ *be short on*）　　cash〔kæʃ〕n. 現金
45. split〔splɪt〕v. 分裂　　***split up*** 分離；分開
　　go one's ***way*** 走自己的路
46. order〔ˋɔrdɚ〕n. 次序；正常的狀態　　***out of order*** 故障
　　broken〔ˋbrokən〕adj. 損壞了的　　work〔wɝk〕v. 運作

□ 47. ***Let's look around***.　　　　| 我們四處看看。
　　　Let's walk around.　　　　| 我們到處走走。
　　　Let's see what's going　　| 我們去看看發生什麼事。
　　　on.

□ 48. ***It's too expensive***.　　　| 它太貴了。
　　　I can't afford it.　　　　| 我負擔不起。
　　　The price is too high.　　| 價格太高了。

【修飾 price（價格），要用 high（高的）或 low（低的），不能用 expensive（昂貴的），不可說成 *The price is too expensive.*【誤】】

□ 49. ***It's useful***.　　　　　　| 它很有用。
　　　It's helpful.　　　　　　| 它很有幫助。
　　　It comes in handy.　　　| 它很有用。

＊＊────────────

47. around〔ə'raʊnd〕*adv.* 到處；四處
　　look around 環顧四周　　***go on*** 發生
48. expensive〔ɪk'spɛnsɪv〕*adj.* 昂貴的
　　afford〔ə'fɔrd〕*v.* 負擔得起　　high〔haɪ〕*adj.* 高的
49. useful〔'jusfəl〕*adj.* 有用的
　　helpful〔'hɛlpfəl〕*adj.* 有幫助的；有用的
　　handy〔'hændɪ〕*adj.* 便利的；方便的；正合用的
　　come in handy 有用；可以派上用場
　　It comes in handy. 也可說成：It's handy.

☐ **50.** *Nike is my favorite.* 　　耐吉是我的最愛。
　　Adidas is good, too. 　　愛迪達也很好。
　　I also like New Balance. 　　我也喜歡紐巴倫。

☐ **51.** *I bought it online.* 　　我在網路上買的。
　　I ordered it online. 　　我在網路上訂購的。
　　It was delivered to my 　　它被送到我家門口。
　　　　door.

☐ **52.** *I paid too much.* 　　我付太多錢了。
　　They overcharged me. 　　他們敲我竹槓。
　　I got ripped off. 　　我被敲竹槓。

**───

50. Nike 〔'naɪki 〕 *n.*【希臘神話】勝利的女神；耐吉【運動品牌】
favorite 〔'fevərɪt 〕 *n.* 最喜愛的人或物
Adidas 〔 æ'dɪdəs 〕 *n.* 愛迪達【運動品牌】
New Balance 〔'nju'bæləns 〕 *n.* 紐巴倫【運動品牌】

51. online 〔'ɑnˌlaɪn 〕 *adv.* 在線上；在網路上
I bought it online. = I got it online.【get 〔 gɛt 〕 *v.* 買】
order 〔'ɔrdə 〕 *v.* 訂購　　deliver 〔 dɪ'lɪvə 〕 *v.* 遞送
be delivered to one's *door* 送到某人的家門口
It was delivered to my door. 較常用，較少說 *It was delivered*
　to my home.

52. pay 〔 pe 〕 *v.* 付錢　　overcharge 〔'ovə'tʃɑrdʒ 〕 *v.* 向…索價過高
rip off 敲…的竹槓　　*get ripped off* 被敲竹槓

☐ **53.** *Let's go window-*　　　我們去逛街吧。
　　　shopping.
　　　Let's just look.　　　我們看看就好。
　　　We don't have to buy　　　我們不必買任何東西。
　　　anything.

☐ **54.** *Nice shop!*　　　這家店真不錯！
　　　Lots of stuff.　　　有很多東西。
　　　A little bit of everything.　　　每樣東西都有一點。

☐ **55.** *The cost is unreasonable.*　　　這個價錢不合理。
　　　It's too pricey.　　　它價錢太高了。
　　　It costs an arm and a leg.　　　它非常昂貴。

2.
逛街購物

**────────────

53. window-shop〔'wɪndo͵ʃɑp〕v. 逛街瀏覽櫥窗
　　just〔dʒʌst〕adv. 只是　　look〔lʊk〕v. 看
54. nice〔naɪs〕adj. 好的　　shop〔ʃɑp〕n. 商店
　　lots of 很多的　　stuff〔stʌf〕n. 東西
　　Lots of stuff. 源自 They have lots of stuff.　　*a little bit* 一點
　　A little bit of everything. 源自 They have a little bit of
　　　everything.
55. cost〔kɔst〕n. 費用；價格　v. 使花費
　　unreasonable〔ʌn'riznəbḷ〕adj. 不合理的
　　pricey〔'praɪsɪ〕adj. 價格高的；昂貴的
　　an arm and a leg 一大筆錢

□ 56. *How much is this?* 　　這個多少錢？

What's the price? 　　　　價錢是多少？

What's the cost? 　　　　　價格是多少？

【注意，不可說 *How much is the price?* (誤)】

□ 57. *No cars here.* 　　　　這裡沒有車。

It's a walking area. 　　　這是徒步區。

It's a pedestrian zone. 　這是行人專用區。

□ 58. *I'm broke.* 　　　　　我沒錢。

I'm out of cash. 　　　　　我沒有現金。

My pockets are empty. 　　我的口袋是空的。

** ————

57. *No cars here.* 源自 There are no cars here.

area〔'ɛrɪə〕*n.* 地區　　*walking area* 徒步區

pedestrian〔pə'dɛstrɪən〕*n.* 行人

zone〔zon〕*n.* 地帶；地區　　*pedestrian zone* 行人專用區

58. broke〔brok〕*adj.* 沒錢的；破產的

I'm broke. 不可說成：*I'm broken.* (誤) 可加強語氣說成：I'm

　dead broke. (我一文不名。)【dead〔dɛd〕*adv.* 完全地；全然】

out of 缺乏；沒有　　cash〔kæʃ〕*n.* 現金

I'm out of cash. = I'm out of money.

pocket〔'pɑkɪt〕*n.* 口袋　　empty〔'ɛmptɪ〕*adj.* 空的

My pockets are empty. = My wallet is empty.

【wallet〔'wɑlɪt〕*n.* 皮夾】

☐ **59.** *I was ripped off*.　　　　我被敲竹槓。

I was overcharged.　　　　我被收太多錢了。

I paid through the nose.　　我付的價錢太高了。

☐ **60.** *Excuse me*.　　　　　　對不起。

Do you work here?　　　　你在這裡工作嗎？

Could you help me?　　　　你能幫我嗎？

☐ **61.** *This is the entrance*.　　這是入口。

This is the exit.　　　　　這是出口。

If lost, meet here.　　　　如果迷路的話，就在這裡
　　　　　　　　　　　　　碰面。

＊＊────────────

59. *rip off* 敲…的竹槓

overcharge〔͵ovɚ'tʃɑrdʒ〕*v.* 索價過高；收費過高

pay〔pe〕*v.* 付錢　　nose〔noz〕*n.* 鼻子

pay through the nose 花高價；付過高的費用

（= *pay a price that is much higher than it should be*）

60. excuse〔ɪk'skjuz〕*v.* 原諒　　*Excuse me.* 對不起；請原諒。

Could you help me? 也可說成：Could you help me, please?

（可以請你幫我嗎？）

61. entrance〔'ɛntrəns〕*n.* 入口

exit〔'ɛgzɪt，'ɛksɪt〕*n.* 出口

lost〔lɔst〕*adj.* 迷路的

If lost 是 If you are lost 的省略。　　meet〔mit〕*v.* 會面

3. 輕鬆閒聊
Making Small Talk

用手機掃瞄聽錄音

□ 62. *Morning*. | 早安。
How was your night? | 昨天晚上如何？
Did you sleep well? | 你睡得好嗎？

□ 63. *I slept like a baby*. | 我睡得很熟。
I slept like a log. | 我睡得很熟。
I slept like a dead man. | 我睡得像死豬一樣。

□ 64. *Got a minute?* | 你有時間嗎？
Can we talk? | 我們能談一談嗎？
Can we have a word? | 我們能談一談嗎？

**————

62. *Morning*. 源自 Good morning.（早安。）
63. baby〔'bebɪ〕*n.* 嬰兒　　*sleep like a baby* 睡得很沈；熟睡
log〔lɔg , lɑg〕*n.* 圓木　　*sleep like a log* 睡得很沈；熟睡
sleep like a dead man 也可說 sleep like the dead。
64. *Got a minute?* 是由 Have you got a minute? 省略而來。
have got 有　　minute〔'mɪnɪt〕*n.* 分鐘；一會兒；片刻
word〔wɜd〕*n.*（單獨進行的）簡短的交談
have a word 簡短談幾句

□ **65.** *You look tired.*   你看起來很疲倦。

      You look sluggish.   你看起來呆呆的。

      Did you have a sleepless   你是不是沒睡好？
        night?

□ **66.** *Hey, what the heck?*   嘿，搞什麼？

      What's going on here?   這裡發生了什麼事？

      What's this all about?   這是怎麼一回事？

□ **67.** *All is well.*   一切都好。

      So far, so good.   到目前為止還好。

      No problems yet.   目前沒問題。

      【當別人問你：How's it going?（情況如何？）你就可以這麼回答】

3.
輕鬆閒聊

** ———————————

65. sluggish〔ˋslʌgɪʃ〕*adj.* 遲鈍的；不活潑的（= *dull* ）
    sleepless〔ˋsliplɪs〕*adj.* 失眠的

66. hey〔he〕*interj.* 嘿
    heck〔hɛk〕*n.* 到底；究竟【表示詛咒、惱怒、厭煩等，是 hell 的委
      婉語】   *what the heck* 搞什麼；管他的   *go on* 發生
    What's this all about? 這是怎麼一回事？（= *What's going on?* ）

67. well〔wɛl〕*adj.* 令人滿意的；正好的
    all is well 一切都好   *so far* 到目前為止
    So far, so good. 到目前為止還好。   yet〔jɛt〕*adv.* 到目前為止
    No problems yet. 源自 There are no problems yet. 也可說成：
      No problem yet. （= *There is no problem yet.* ）

□ **68.** ***What's new?*** 　　　　最近怎麼樣？

What's up? 　　　　有什麼事？

What's going on? 　　　發生什麼事？

□ **69.** ***Nothing much.*** 　　　　沒什麼。

Nothing new. 　　　　沒什麼新鮮事。

Same old thing. 　　　　老樣子。

【回答 "What's up?"（有什麼事嗎？）不能説：I'm doing fine.
（我很好。）要説這三句話】

□ **70.** ***Let's chat.*** 　　　　我們來聊天吧。

Let's catch up. 　　　　我們聊聊近況吧。

Let's shoot the breeze. 　　　我們來聊天吧。

3.
輕
鬆
閒
聊

＊＊────────

68. ***What's new?*** 字面意思是「有什麼新鮮事？」也就是「最近怎麼
　　樣？」、「有什麼變化沒有？」其實是在問「你好嗎？」

　　up〔ʌp〕*adv.*【口語】（事情）發生

　　What's up? 字面的意思是「有什麼事？」不是真的在問發生什
　　麼事，只是在打招呼，相當於「你好嗎？」　　***go on*** 發生

　　What's going on?「發生什麼事？」是打招呼用語，等於「你好嗎？」

69. ***Same old thing.*** 也可説成：Same old, same old.（老樣子。）

70. chat〔tʃæt〕*v.* 聊天　　***catch up*** 趕上；討論最新情況

　　shoot〔ʃut〕*v.* 射擊　　breeze〔briz〕*n.* 微風

　　shoot the breeze 聊天（= *shoot the bull* = *spend time talking*
　　about unimportant things）

□ 71. ***What's the latest?***　　　　有什麼最新的消息？

What's the news?　　　　　有什麼新消息？

Tell me about it.　　　　　告訴我吧。

□ 72. ***How was your weekend?***　　你週末過得如何？

What did you do?　　　　　你做了什麼？

Anything special?　　　　　有什麼特別的事嗎？

□ 73. ***I promise you.***　　　　　我向你保證。

I guarantee you.　　　　　我向你保證。

You have my word.　　　　我向你保證。

** ──────────────

71. latest〔'letɪst〕*adj.* 最新的　　***the latest*** 最新的消息

news〔njuz〕*n.* 新聞；（新）消息

72. weekend〔'wik'ɛnd〕*n.* 週末　　special〔'spɛʃəl〕*adj.* 特別的

Anything special? 源自 Did you do anything special? 也可説

成：Anything interesting?（有什麼有趣的事嗎？）

或 Anything exciting?（有什麼刺激的事嗎？）

或 Anything out of the ordinary?（有什麼不尋常的事嗎？）

【*out of the ordinary* 特殊的；異常的】

73. promise〔'prɑmɪs〕*v.* 承諾；答應；保證

guarantee〔,gærən'ti〕*v.* 保證；對⋯保證

I guarantee you. 也可説成：I guarantee it.

one's ***word*** 承諾；保證

You have my word. 也可説成：I give you my word.

□ **74.** *He's two-faced.* 　　　　　　他是雙面人。

He can't be trusted. 　　　　他不能信任。

He's as slippery as an 　　　他非常狡猾。
　　eel.

□ **75.** *What do you do?* 　　　　　你是做什麼的？

Your job? 　　　　　　　　你做什麼工作？

Your occupation? 　　　　　你的職業是什麼？

【要記住：What do you do? 是問工作，不是問「你在做什麼？」】

□ **76.** *Are you single?* 　　　　　你單身嗎？

Are you married? 　　　　　你已婚嗎？

Have any kids? 　　　　　　有小孩嗎？

【說這三句話前，可先說 "May I ask,"】

3.
輕鬆閒聊

＊＊────────────

74. two-faced〔'tu'fest〕*adj.* 雙面的；表裡不一的；虛偽的

trust〔trʌst〕*v.* 信任；相信　　slippery〔'slɪpərɪ〕*adj.* 狡猾的

eel〔il〕*n.* 鰻魚　　*as slippery as an eel* 非常狡猾

75. *Your job?* 是由 What's your job? 簡化而來。

occupation〔ˌɑkjə'peʃən〕*n.* 職業

Your occupation? 是由 What's your occupation? 簡化而來。

76. single〔'sɪŋgl̩〕*adj.* 單身的

married〔'mærɪd〕*adj.* 已婚的　　kid〔kɪd〕*n.* 小孩

Have any kids? 源自 Do you have any kids?

□ 77. ***What do you do for fun?*** | 你會做什麼事來娛樂？
What do you like to do? | 你喜歡做什麼？
What are your hobbies? | 你的嗜好是什麼？

□ 78. ***Don't take me seriously***. | 對我的話不要太認眞。
Don't believe what I say. | 不要相信我說的話。
I'm just talking | 我只是在亂說。
    nonsense. |

□ 79. ***They went bankrupt***. | 他們破產了。
They went belly up. | 他們倒閉了。
They went out of | 他們結束營業了。
    business. |

3.
輕鬆閒聊

＊＊────────

77. fun〔fʌn〕*n.* 樂趣　　***for fun*** 爲了好玩
    hobby〔'habɪ〕*n.* 嗜好
78. seriously〔'sɪrɪəslɪ〕*adv.* 認眞地　　***take ~ seriously*** 認眞看待
    nonsense〔'nɑn,sɛns〕*n.* 無意義的話；胡說；廢話
    talk nonsense 胡說八道
79. go〔go〕*v.* 變得　　bankrupt〔'bæŋkrʌpt〕*adj.* 破產的
    go bankrupt 破產　　belly〔'bɛlɪ〕*n.* 肚子
    go belly up ①（魚）死亡　②失敗；倒閉
    out of business 沒有做生意的；倒閉的
    go out of business 歇業；結束營業；倒閉

go belly up

□ **80.** *What do you do?*　　　　　　你是做什麼的？

Are you in business?　　　　你是做生意的嗎？

What's your line of　　　　你從事什麼行業？
　work?

□ **81.** *Keep it a secret.*　　　　　　要保密。

Don't spill the beans.　　　不要洩露祕密。

Don't let the cat out of　　不要洩露祕密。
　the bag.

□ **82.** *Big news.*　　　　　　　　　大消息。

Have you heard?　　　　　你聽說了嗎？

Everyone's talking　　　　每個人都在談論這件事。
　about it.

** ────────

80. business〔'bɪznɪs〕*n.* 商業；生意

　in business 經商　　*line of work* 行業；職業

81. secret〔'sikrɪt〕*n.* 祕密　*adj.* 祕密的

　Keep it a secret. 也可説成：Keep it secret.【此時 secret 是形容詞】

　spill〔spɪl〕*v.* 灑出　　bean〔bin〕*n.* 豆子

　spill the beans （不小心）洩露祕密；說溜嘴

　let the cat out of the bag 洩露祕密

82. news〔njuz〕*n.* 新聞；消息

　hear〔hɪr〕*v.* 聽說　　*talk about* 談論

spill the beans

□ 83. ***Just listen.***　　　　　　只要注意聽就好。

　　　Let me talk.　　　　　　讓我說。

　　　Hear me out.　　　　　　把我的話聽完。

□ 84. ***Like father, like son.***　　【諺】有其父必有其子。

　　　He's a chip off the old　　他很像他的父親。
　　　　block.

　　　The apple doesn't fall　　【諺】蘋果落地，離樹不遠；
　　　　far from the tree.　　　虎父無犬子。

□ 85. ***A promise is a promise.***　一諾千金。

　　　I say what I do.　　　　　我說到做到。

　　　I do what I say.　　　　　我言出必行。

＊＊————————————

83. *hear sb. out* 把某人的話從頭到尾聽完
84. like〔laɪk〕*prep.* 像　　chip〔tʃɪp〕*n.* 碎片
　　off〔ɔf〕*prep.* 從…脫離　　block〔blɑk〕*n.* 木塊
　　a chip off the old block 「從老木塊上掉下來的碎片」，引申為
　　　「酷似父（母）親；相貌或行為酷似父母的兒女」(= *look or*
　　behave like one of one's parents)。
　　The apple doesn't fall far from the tree. 也可說
　　　成：The apple never falls far from the tree.
　　　此諺語強調家族遺傳的延續性。
85. promise〔'prɑmɪs〕*n.* 諾言
　　A promise is a promise. = I keep my word. (我遵守諾言。)

□ **86.** ***Guess what?***　　　　　　猜猜看發生什麼事？

　　Have you heard?　　　　你聽說了嗎？

　　You won't believe it.　　你不會相信的。

□ **87.** ***What grade are you in?***　你讀幾年級？

　　Where do you go to
　　school?　　　　　　　你在哪裡上學？

　　What's your favorite
　　subject?　　　　　　　你最喜愛的科目是什麼？

　　【可以問小朋友上面這三句話】

□ **88.** ***I said the wrong thing.***　我說錯話了。

　　I feel embarrassed.　　我覺得很尷尬。

　　I put my foot in my
　　mouth.　　　　　　　我說錯話了。

　　【說錯話時就說這三句話】

3.
輕鬆閒聊

**————————

86. guess〔gɛs〕v. 猜　　***Guess what?*** 猜猜看發生什麼事？
　　hear〔hɪr〕v. 聽說　　believe〔bɪ'liv〕v. 相信
87. grade〔gred〕n. 年級　　favorite〔'fevərɪt〕adj. 最喜愛的
　　subject〔'sʌbdʒɪkt〕n. 科目
88. embarrassed〔ɪm'bærəst〕adj. 尷尬的
　　foot〔fut〕n. 腳　　mouth〔mauθ〕n. 嘴巴
　　put one's ***foot in*** one's ***mouth*** 說話不得體；說錯話；失言

□ 89. ***Don't tell a soul***.	不要告訴任何人。
It's between you and	這是你我之間的祕密。
me.	
Loose lips sink ships.	走漏風聲，會讓船沈掉。

□ 90. ***Just talk***.	只是說說而已。
Just hot air.	只是說大話。
All talk and no action.	光說不練。

**　*　──────────────────**

89. soul〔sol〕*n.* 靈魂；人

　　Don't tell a soul. 也可説成 Don't tell anyone.

　　between you and me （這是）我們之間的祕密；別對他人講

　　loose〔lus〕*adj.* 鬆的；無節制的　　lips〔lɪps〕*n. pl.* 嘴唇；嘴

　　sink〔sɪŋk〕*v.* 使沈沒

　　Loose lips sink ships.（議論不密，船艦則沈；走漏風聲，會讓船
　　沈掉。）是二戰時期的著名標語，要求士兵對敏感的訊息保
　　密。在一戰期間，英國軍人的信件會受到審查，把可能洩露
　　軍情的部份塗掉，然後信才能被郵寄出去。保密政策也是
　　「蘋果」公司的企業文化，在它草創時期，公司大廳就寫著：
　　"Loose lips sink ships."

90. talk〔tɔk〕*n.* 談話；空談　　***Just talk.*** 源自 It's just talk.

　　air〔ɛr〕*n.* 空氣　　***hot air*** 空話；大話

　　Just hot air. 源自 It's just hot air.　　action〔'ækʃən〕*n.* 行動

　　be all talk and no action 光說不練

　　All talk and no action. 源自 It's all talk and no action.

☐ **91.** ***Where are you from?***　　你是哪裡人？
    What country?　　什麼國家？
    What nationality?　　什麼國籍？

☐ **92.** ***Beware!***　　要小心！
    He's dangerous.　　他很危險。
    He's like a snake in the　　他很陰險。
    grass.

☐ **93.** ***He's unhealthy.***　　他不健康。
    He's in poor health.　　他身體不健康。
    He has one foot in the　　他一腳踏進墳墓；他活不
    grave.　　了多久。

3.
輕鬆閒聊

one foot in the grave

＊＊─────────

91. country〔'kʌntrɪ〕*n.* 國家
   nationality〔‚næʃən'ælətɪ〕*n.* 國籍
92. beware〔bɪ'wɛr〕*v.* 小心；提防
   dangerous〔'dendʒərəs〕*adj.* 危險的　　like〔laɪk〕*prep.* 像
   snake〔snek〕*n.* 蛇　　grass〔græs〕*n.* 草
   a snake in the grass 隱藏的敵人；不可信賴的人；潛伏的危險
93. unhealthy〔ʌn'hɛlθɪ〕*adj.* 不健康的　　health〔hɛlθ〕*n.* 健康
   in poor health 身體不健康（↔ *in good health* 身體健康）
   foot〔fʊt〕*n.* 腳　　grave〔grev〕*n.* 墳墓
   has one foot in the grave 一腳踏進墳墓；活不了多久

□ **94.** *He's cranky.*   他暴躁易怒。

He's moody.   他喜怒無常。

He's in a bad mood.   他心情不好。

□ **95.** *He was born poor.*   他出身貧寒。

He worked his tail off.   他非常努力工作。

He went from rags to   他白手起家。
    riches.

□ **96.** *He's a big cheese.*   他是個大人物。

He's a big shot.   他是個大人物。

He's a big wheel.   他是個大人物。

3.
輕鬆閒聊

**─────────

94. cranky〔'kræŋkɪ〕*adj.* 古怪的；暴躁的；易怒的

moody〔'mudɪ〕*adj.* 情緒多變的；喜怒無常的

mood〔mud〕*n.* 心情   *be in a bad mood* 心情不好

95. *be born* 出生；生而⋯的   poor〔pur〕*adj.* 貧窮的

tail〔tel〕*n.* 尾巴

work one's tail off 非常努力工作（= *work really hard*）

rag〔ræg〕*n.* 破布   rags〔rægz〕*n. pl.* 破衣服

riches〔'rɪtʃɪz〕*n. pl.* 財富

from rags to riches 從赤貧到巨富；白手起家

96. cheese〔tʃiz〕*n.* 起司   *big cheese* 大人物

shot〔ʃɑt〕*n.* 射擊   *big shot* 大人物

wheel〔hwil〕*n.* 輪子   *big wheel* 大人物；有權勢的人

□ **97.** *Nothing phony.*　　　　　　沒什麼虛假的。
Nothing fake.　　　　　　沒什麼虛假的。
What you see is what　　這個人沒有隱藏任何東西，
　 you get.　　　　　　　是個坦白的人。

□ **98.** *He's handsome.*　　　　　他很英俊。
He's good-looking.　　　　他很好看。
He's a hunk.　　　　　　他是個強壯、英俊且性感的
【用這三句話來稱讚帥哥】　男人。

□ **99.** *I say what I mean.*　　　　我是認真的。
I mean what I say.　　　　我是認真的。
I really mean it.　　　　我是說真的。

** ————————

97. phony〔ˈfonɪ〕 *adj.* 假的；偽造的（ = *fake* = *false* ）
fake〔fek〕 *adj.* 假的；偽造的
Nothing phony. 和 *Nothing fake.* 句首都省略了 There is。
What you see is what you get.「所見即所得；一目了然。」你所
　看見的就是他的全部了，也就是「這個人沒有隱藏任何東西，
　是個坦白的人。」
98. handsome〔ˈhænsəm〕 *adj.* 英俊的
good-looking〔ˈgʊdˈlʊkɪŋ〕 *adj.* 好看的
hunk〔hʌŋk〕 *n.* 大塊；大片；厚塊；強壯、英俊且性感的男人
99. mean〔min〕 *v.* 意思是；意圖說
I mean it. 我是認真的；我不是在開玩笑。（ = *I mean what I say.* ）

☐ 100. ***She's new.***   她是新來的。

       She's inexperienced.   她沒有經驗。

       She's wet behind the   她年輕沒有經驗。

         ears.

☐ 101. ***She's dependable.***   她很可靠。

       She's so reliable.   她非常可靠。

       She's as steady as a rock.   她非常可靠。

☐ 102. ***What are your hobbies?***   你的嗜好是什麼？

       What are your interests?   你的興趣是什麼？

       What do you like to do?   你喜歡做什麼？

3.
輕鬆閒聊

** ——————

100. new〔nju〕*adj.* 新來的

inexperienced〔͵ɪnɪkˋspɪrɪənst〕*adj.* 無經驗的

wet〔wɛt〕*adj.* 濕的

wet behind the ears 年輕而無經驗的【源自小孩洗臉後常忘記擦
耳朵後面】

101. dependable〔dɪˋpɛndəbḷ〕*adj.* 可靠的

so〔so〕*adv.* 非常   reliable〔rɪˋlaɪəbḷ〕*adj.* 可靠的

steady〔ˋstɛdɪ〕*adj.* 穩定的；可靠的；認真的

rock〔rɑk〕*n.* 岩石

as steady as a rock 非常穩固；堅若磐石；（人）非常可靠

102. hobby〔ˋhɑbɪ〕*n.* 嗜好   interest〔ˋɪntrɪst〕*n.* 興趣

☐ 103. *She's beautiful.*　　她很漂亮。
Gorgeous.　　非常漂亮。
A knock-out.　　是個大美女。

☐ 104. *She fell ill.*　　她生病了。
She got sick.　　她生病了。
She came down with　　她罹患了某種疾病。
　　something.

☐ 105. *She eats like a bird!*　　她吃得很少！
He eats like a horse!　　他吃得很多！
She's skinny, and he's　　她瘦得皮包骨，而他體型
　　huge!　　龐大！

**────────────

103.
gorgeous〔'gɔrdʒəs〕*adj.* 非常漂亮的
knock-out〔'nak,aut〕*n.* 大美女；非常迷人的人（= *knockout*）
　【knock out 源自拳擊，作「把…擊倒」解，knock-out 這個複合
　名詞，字面的意思是「擊倒；打出去」，引申為「大美女；非常迷人
　的人」。】

104. fall〔fɔl〕*v.* 變成（= *become*）　　ill〔ɪl〕*adj.* 生病的
fall ill 生病了　　*come down with* 罹患

105. *eat like a bird* 吃得極少　　*eat like a horse* 吃得很多
skinny〔'skɪnɪ〕*adj.* 皮包骨的；極瘦的
huge〔hjudʒ〕*adj.* 巨大的；龐大的

□ 106. *She has a sore throat.*   她喉嚨痛。

She has a headache.   她頭痛。

She's in bad shape.   她身體狀況不好。

□ 107. *She's perfect.*   她很完美。

She's a ten.   她可稱得上是滿分。

She's a dream come   她是夢想的實現。
    true.

□ 108. *She's not working today.*   她今天沒上班。

She's not in the office.   她沒在辦公室。

It's her day off.   她今天休假。

3.
輕鬆閒聊

** ————————

106. sore〔sor〕*adj.* 疼痛的   throat〔θrot〕*n.* 喉嚨

have a sore throat 喉嚨痛   headache〔ˋhɛd͵ek〕*n.* 頭痛

shape〔ʃep〕*n.*（健康）狀況

in bad shape 身體狀況不好（↔ *in good shape*）

107. perfect〔ˋpɝfɪkt〕*adj.* 完美的

ten 在這裡的意思是指「完美的人」。

dream come true 是一個複合名詞，意思是「夢想的實現」。

這個用法很普遍，例如：I'm going to travel around the world. It will be a dream come true.（我要去環遊世界。這將是我夢想的實現。）

108. office〔ˋɔfɪs〕*n.* 辦公室   off〔ɔf〕*adv.* 休息

□ **109.** *Keep silent.* 　　　要保持沈默。

　　　 Say nothing. 　　　什麼都別說。

　　　 Tell no one. 　　　不要告訴任何人。

□ **110.** *Don't be shy.* 　　　不要害羞。

　　　 Spit it out. 　　　儘管說吧。

　　　 Just say it. 　　　儘管說吧。

□ **111.** *She's well-rounded.* 　　她多才多藝。

　　　 She does it all. 　　她樣樣都會做。

　　　 She's a jack of all 　她無所不能。
　　　　　 trades.

3.
輕
鬆
閒
聊

** ————————

109. keep〔kip〕v. 保持　　silent〔'saɪlənt〕adj. 沈默的；安靜的
　　 nothing〔'nʌθɪŋ〕pron. 什麼也沒有　　***no one*** 沒有一個人

110. shy〔ʃaɪ〕adj. 害羞的　　spit〔spɪt〕v. 吐（口水）；口出（惡言）
　　 spit it out 把話吐出；坦白說出；快說；照實說

111. well-rounded〔'wɛl'raundɪd〕adj. 面面俱到的；多才多藝的
　　 do it all ①樣樣都會做　②服無期徒刑
　　 trade〔tred〕n. 貿易；技藝

　　 a jack of all trades 萬事通；無所不能的人　源自諺語：A Jack
　　 of all trades is master of none.（萬能先生，無一精通；樣樣
　　 通，樣樣鬆。）【Jack 指「一般人」。***be master of*** 精通】原是貶
　　 損的意思，但現在常常只用 a jack of all trades，變成讚揚
　　 的用法。

□ 112. ***I have a crush on her.*** 我迷戀她。
She's my dream girl. 她是我的夢中情人。
I want to go out with 我想要和她交往。
her.

□ 113. ***I'm just making a joke.*** 我只是在開玩笑。
I'm trying to be funny. 我只是想說些有趣的話。
I only want to amuse 我只是想逗你笑。
you.

□ 114. ***What a handsome*** 多麼漂亮的一對！
couple!
He's like a movie star. 他就像是個電影明星。
She looks like a model. 她看起來像模特兒。

【稱讚對方是天生一對】

3.
輕
鬆
閒
聊

** ————————————

112. crush〔krʌʃ〕*n.* 迷戀　　***have a crush on*** *sb.* 迷戀某人
dream〔drim〕*adj.* 理想的；夢想的　　***dream girl*** 夢中情人
go out with 與異性交往

113. joke〔dʒok〕*n.* 笑話　　***make a joke*** 開玩笑
funny〔'fʌnɪ〕*adj.* 好笑的；有趣的
amuse〔ə'mjuz〕*v.* 娛樂；使快樂；逗…高興

114. handsome〔'hændsəm〕*adj.* 英俊的；好看的；漂亮的
couple〔'kʌpl̩〕*n.* 一對（男女）　　***movie star*** 電影明星
look〔lʊk〕*v.* 看起來　　model〔'madl̩〕*n.* 模特兒

□ 115. ***Don't talk about that.*** | 不要談論那個。
It's too sensitive. | 那個太敏感了。
It's a hot potato. | 那是個棘手的問題。

□ 116. ***I assure you.*** | 我向你保證。
You can count on me. | 你可以信賴我。
On my word of honor, | 我以自己的信譽擔保，
　I'll help you out. | 我會幫助你渡過難關。

□ 117. ***They broke up.*** | 他們分手了。
They split up. | 他們分手了。
They're not together | 他們沒在一起了。
　anymore.

3. 輕鬆閒聊

** ———————

115. ***talk about*** 談論　　sensitive〔'sɛnsətɪv〕*adj.* 敏感的
hot〔hɑt〕*adj.* 熱的　　potato〔pə'teto〕*n.* 馬鈴薯
hot potato 棘手的問題；難題；燙手山芋
116. assure〔ə'ʃur〕*v.* 向…保證
count on 依賴；信賴（= *depend on* = *rely on*）
one's word 承諾　　honor〔'ɑnɚ〕*n.* 名譽
one's word of honor 莊嚴的承諾
on one's word of honor 以自己的信譽擔保
help sb. out 幫助某人渡過難關
117. ***break up*** 分手　　split〔splɪt〕*v.* 分裂；分開
split up 離婚；分手　　***not…anymore*** 不再

hot potato

□ 118. *It's a secret*.   這是個祕密。

Keep it a secret.   要保密。

Between you and me.   不要告訴別人。

□ 119. *Do you know?*   你知道嗎？

Can you tell me?   你可以告訴我嗎？

Please explain.   請說明一下。

□ 120. *I have an idea*.   我有個點子。

It's just a thought.   它只是個想法。

Want to hear it?   想要聽聽看嗎？

□ 121. *I have some good news*.   我有一些好消息。

I have some bad news.   我有一些壞消息。

Which do you want to   你要先聽哪一個？
hear first?

** ─────────────

118. secret (ˈsikrɪt) *n.* 祕密   ***keep a secret*** 保密

between you and me （這是）我們之間的祕密；別對他人講

***Between you and me*.** 是由 It's between you and me. 簡化而來。

119. explain (ɪkˈsplen) *v.* 解釋；說明

120. idea (aɪˈdiə) *n.* 點子；想法   thought (θɔt) *n.* 想法

Want to hear it? 源自 Do you want to hear it?

121. news (njuz) *n.* 消息   first (fɜst) *adv.* 先

□ 122. ***What do you think?*** 　　你認爲怎樣？

　　　How do you feel? 　　你覺得如何？

　　　What's your take? 　　你有什麼看法？

□ 123. ***I knew it!*** 　　我知道！

　　　I was right. 　　我是對的。

　　　I'm pretty good at 　　我很會猜。
　　　　guessing.

□ 124. ***I'm kidding you.*** 　　我跟你開玩笑的。

　　　I'm teasing you. 　　我跟你開玩笑的。

　　　I'm just joking with you. 　　我只是跟你開玩笑的。

□ 125. ***I'm all ears.*** 　　我洗耳恭聽。

　　　I'm listening. 　　我正在專心聽。

　　　Fill me in. 　　要詳細地告訴我。

3.
輕
鬆
閒
聊

** ─────────────

122. take〔tek〕*n.* 態度（= *attitude*）；看法（= *opinion*）

123. right〔raɪt〕*adj.* 對的；正確的　　pretty〔'prɪtɪ〕*adv.* 相當
　　be good at 擅長　　guess〔gɛs〕*v.* 猜

124. kid〔kɪd〕*v.* 開（某人）玩笑
　　tease〔tis〕*v.* 開（某人）玩笑；取笑　　joke〔dʒok〕*v.* 開玩笑

125. ***be all ears*** 凝神傾聽；專注地聽　　listen〔'lɪsn̩〕*v.* 注意聽
　　fill sb. in 詳細告訴某人

4. 吃吃喝喝
Eating & Drinking

用手機掃瞄聽錄音

□ 126. *Have you eaten yet?* | 你吃過了嗎？
Are you hungry? | 你會餓嗎？
Are you already full? | 你已經吃飽了嗎？

□ 127. *What do you think?* | 你認為如何？
How do you feel? | 你覺得如何？
How about this place? | 這個地方如何？

□ 128. *Can I get you something?* | 你要吃什麼？
Do you need anything? | 你需要什麼？
What would you like? | 你想要什麼？

4.
吃吃喝喝

**─────────

126. yet〔jɛt〕*adv.*【用於疑問句】已經
hungry〔ˈhʌŋgrɪ〕*adj.* 飢餓的　　full〔fʊl〕*adj.* 飽的
127. *How about ~?* ～如何？
128. get〔gɛt〕*v.* 拿　　*get sb. sth.* 拿給某人某物
Can I get you something? 也可説成：Can I get you something
to drink?（你要喝什麼？）或 Can I get you something to
eat?（你要吃什麼？）
would like 想要

□ 129. *I found a tiny restaurant.*　　　我找到了一家很小的餐廳。

It was out of the way.　　　它很偏僻。

It was a hole in the wall.　　　它是間狹小而昏暗的小餐廳。

□ 130. *It's near.*　　　那裡很近。

It's close.　　　那裡很近。

It's not far.　　　不遠。

□ 131. *Could we sit over there?*　　　我們可以坐那裡嗎？

Next to the window?　　　可以靠窗嗎？

In the corner?　　　可以在角落嗎？

【詢問服務生座位的事情】

** ―――――――――

129. tiny〔'taɪnɪ〕*adj.* 微小的　　restaurant〔'rɛstərənt〕*n.* 餐廳
out of the way 偏僻的　　hole〔hol〕*n.* 洞
a hole in the wall （尤指設於成排建築物中的）狹小而昏暗的
　小餐館

130. near〔nɪr〕*adj.* 近的　　close〔klos〕*adj.* 接近的
far〔fɑr〕*adj.* 遠的

131. *over there* 在那裡　　*next to* 在…旁邊
Next to the window? 源自 Could we sit next to the window?
corner〔'kɔrnɚ〕*n.* 角落
In the corner? 源自 Could we sit in the corner?

□ **132.** ***I'm hungry.*** | 我餓了。
  I'm hungry as hell. | 我餓壞了。
  I'm hungry as a wolf. | 我非常餓。

□ **133.** ***Pick your poison.*** | 由你選擇。
  Select what you like. | 選你喜歡的。
  Choose whatever you wish. | 選你想要的。

□ **134.** ***Nice place.*** | 這個地方真好。
  Nice atmosphere. | 氣氛很不錯。
  It's cool. | 很酷。

** ────────────

132. hungry (ˈhʌŋgrɪ) *adj.* 飢餓的　　hell (hɛl) *n.* 地獄
  as hell 很；非常；要命；要死【用於強調壞事或令人不快的事】
  wolf (wʊlf) *n.* 狼
  (as) hungry as a wolf 餓如虎狼；非常餓

133. pick (pɪk) *v.* 挑選；選擇　　poison (ˈpɔɪzn̩) *n.* 毒藥
  pick your poison 「選擇你的毒藥」，是幽默的話，表示「由你來選擇。」
  select (səˈlɛkt) *v.* 挑選　　choose (tʃuz) *v.* 選擇
  whatever (hwɑtˈɛvɚ) *conj.* 任何…的東西 (= *anything that*)
  wish (wɪʃ) *v.* 希望；想要

134. nice (naɪs) *adj.* 好的　　atmosphere (ˈætməsˌfɪr) *n.* 氣氛
  cool (kul) *adj.* 很酷的；很棒的

4.
吃
吃
喝
喝

□ **135.** ***I'm easy to satisfy.***　　　　我很容易滿足。
I'm easy to please.　　　　　我很容易滿意。
I'm not too demanding.　　　我不會要求很高。

□ **136.** ***It smells delicious.***　　　　它聞起來很美味。
It looks tasty.　　　　　　　它看起來很好吃。
I can't wait to dig in.　　　我等不及要開始吃了。
【看到美食就這麼說】

□ **137.** ***I have simple taste.***　　　　我的品味簡單。
I like plain things.　　　　我喜歡平凡的事物。
I'm a meat-and-potatoes　　我吃得很簡單。
　　person.
【吃飯時可說上面這三句話】

** ————

135. satisfy〔'sætɪsˌfaɪ〕*v.* 使滿足
please〔pliz〕*v.* 取悅；使高興
demanding〔dɪ'mændɪŋ〕*adj.* 苛求的；要求高的
136. smell〔smɛl〕*v.* 聞起來　　delicious〔dɪ'lɪʃəs〕*adj.* 美味的
tasty〔'testɪ〕*adj.* 美味的；好吃的（= *delicious*）
dig〔dɪg〕*v.* 挖　　***dig in*** 開始大吃
137. simple〔'sɪmpḷ〕*adj.* 簡單的　　taste〔test〕*n.* 品味；口味；愛好
plain〔plen〕*adj.* 普通的；平凡的　　meat〔mit〕*n.* 肉
potato〔pə'teto〕*n.* 馬鈴薯
meat-and-potatoes *adj.* 基本的；簡單的；口味一般的

□ **138.** ***Have you eaten?***   你吃過了嗎？

     You hungry?   你會餓嗎？

     Want some food?   想要一些食物嗎？

□ **139.** ***Let's pig out!***   我們大吃一頓吧！

     Let's have a feast!   我們吃大餐吧！

     Let's eat like there's no   我們拼命吃吧。

       tomorrow.

□ **140.** ***It's your choice.***   由你選擇。

     It doesn't really matter   我無所謂。

       to me.

     I don't have any   我沒有特別的偏好。

       preference.

4.
吃
吃
喝
喝

**

138. hungry〔ˋhʌŋgrɪ〕*adj.* 飢餓的

    You hungry? 是由 Are you hungry? 簡化而來。

    Want some food? 是由 Do you want some food? 簡化而來。

139. ***pig out*** 狼吞虎嚥地吃   have〔hæv〕*v.* 吃

    feast〔fist〕*n.* 盛宴

    like there's no tomorrow 字面意思是「好像

       沒有明天」，引申爲「拼命做…；不顧後果

       地做…；毫無節制地」。

pig out

140. choice〔tʃɔɪs〕*n.* 選擇   matter〔ˋmætɚ〕*v.* 重要；有關係

    preference〔ˋprɛfərəns〕*n.* 喜好；偏好

☐ 141. *Give it a try*.　　　試試看。

Give it a chance.　　　給它一個機會。

What have you got to　你有什麼損失？

　　lose?

【到餐廳門口時，可説這三句話】

☐ 142. *Excuse me, Miss*.　　對不起，小姐。

We're ready to order.　我們準備好要點餐了。

Could you please take　可以請妳現在接受我們點

　　our order now?　　餐嗎？

☐ 143. *We don't have much*　我們沒有很多時間。

　　time.

We only have forty　我們只有四十分鐘。

　　minutes.

Can we make it?　　　我們來得及嗎？

【點餐時，要趕去看電影，可以對服務生説這三句話】

** ——————————

141. try〔traɪ〕n. 嘗試　*give it a try* 試試看
chance〔tʃæns〕n. 機會　*have got* 有（= have）
lose〔luz〕v. 損失

142. miss〔mɪs〕n. 小姐　　ready〔'rɛdɪ〕adj. 準備好的
order〔'ɔrdɚ〕v. n. 點餐　*take one's order* 接受某人點餐

143. *make it* 成功；辦到

□ 144. *I'm really hungry.* 我很餓。

I'm feeling weaker by 我覺得越來越虛弱。
the minute.

I need to eat something 我需要吃點營養的食物。
nutritious.

□ 145. *It's too far.* 太遠了。

You can't walk it. 你無法走路去。

Take a taxi. 要搭計程車。

□ 146. *Is this food fresh?* 這個食物新鮮嗎？

It's not spoiled, is it? 它沒壞吧，是嗎？

I'm a picky eater. 我吃東西很挑剔。

【詢問食物是否新鮮，可以說這三句話】

4.
吃
吃
喝
喝

** ————

144. really〔'rɪəlɪ〕*adv.* 眞地；非常　　hungry〔'hʌŋgrɪ〕*adj.* 飢餓的
weak〔wik〕*adj.* 虛弱的
by the minute 隨著每一瞬間過去（= *as every minute passes*），
表示「越來越」。　　nutritious〔nju'trɪʃəs〕*adj.* 營養的

145. far〔far〕*adj.* 遠的　　***walk it*** 步行；走去
take〔tek〕*v.* 搭乘　　taxi〔'tæksɪ〕*n.* 計程車

146. fresh〔frɛʃ〕*adj.* 新鮮的　　spoil〔spɔɪl〕*v.* 使腐壞
spoiled〔spɔɪld〕*adj.*（食物）變質的
picky〔'pɪkɪ〕*adj.* 愛挑剔的；吹毛求疵的
eater〔'itɚ〕*n.* 食者；吃的人

□ **147.** ***Try it.*** 試試看。

　　Taste it. 嚐嚐看。

　　You might like it. 你可能會喜歡。

□ **148.** ***This dish is the best.*** 這道菜是最好的。

　　It's the house special. 這是私房菜。

　　It's what they're 這是他們有名的菜。
　　　famous for.

□ **149.** ***I'm on a diet.*** 我在節食。

　　I'm cutting calories. 我正在減少卡路里的攝取。

　　I want to lose weight. 我想要減重。

** ————————————

147. taste〔test〕*v.* 品嚐　　might〔maɪt〕*aux.* 可能

148. dish〔dɪʃ〕*n.* 菜餚

　在 ***This dish is the best.*** 中，best 是最高級形容詞，用作修飾
　用法時，通常作 the best 或 *one's* best，但用作敘述用法時，
　常省略 the。如 *the best* movie（最好的電影），It is *best* to
　start it now.（最好現在開始。）

　special〔'spɛʃəl〕*n.* 特別的人或物　　*house special* 私房菜
　famous〔'feməs〕*adj.* 有名的　　*be famous for* 以…而有名

149. diet〔'daɪət〕*n.* 飲食；飲食限制　　*on a diet* 節食
　cut〔kʌt〕*v.* 減少　　calorie〔'kælərɪ〕*n.* 卡路里【熱量單位】
　lose〔luz〕*v.* 減少　　weight〔wet〕*n.* 體重
　lose weight 減輕體重；減肥

□ 150. **Please pass me a**   請遞給我一張餐巾紙。
         napkin.
     Hand me the hot sauce.   請把辣椒醬拿給我。
     Give me the vinegar.   請給我醋。

□ 151. **There you are**.   給你。
     There you go.   給你。
     You got it.   你拿到了。

【把東西拿給對方時，同時說這三句話】

□ 152. **My stomach is full**.   我的肚子很飽。
     There is no room left.   沒有剩下任何空間了。
     I'm going to explode.   我要爆炸了。

**

150. pass〔pæs〕v. 傳遞　　napkin〔'næpkɪn〕n. 餐巾；餐巾紙
     hand〔hænd〕v. 拿給；遞給　　hot〔hɑt〕adj. 辣的
     sauce〔sɔs〕n. 醬　　**hot sauce** 辣椒醬（= hot pepper sauce）
     vinegar〔'vɪnɪgɚ〕n. 醋

151. **There you are**.【禮貌用語】這是你要的；你要的東西在這裡。
    （= There you go.）

     You got it. ①沒問題。②你得到它了。(= You got what you
     wanted.) ③你明白啦。④你說對啦。⑤我馬上照辦。

152. stomach〔'stʌmək〕n. 胃；肚子
     full〔fʊl〕adj. 滿的；裝滿的；飽的　　room〔rum〕n. 空間
     left〔lɛft〕adj. 剩下的　　explode〔ɪk'splod〕v. 爆炸

4.
吃
吃
喝
喝

□ **153.** *Try it!*　　　　　　　　　要試試看！

You might like it.　　　　你可能會喜歡。

The proof of the pudding　【諺】布丁的美味吃時方

is in the eating.　　　知；空談不如實際。

□ **154.** *There's one piece left.*　還剩下一塊。

You take it.　　　　　　你吃吧。

You have the last piece.　你吃最後一塊。

□ **155.** *We're leaving soon.*　　我們很快就要走了。

Last chance for the　　這是上廁所的最後機會。

bathroom.

Go before we leave.　　要在我們離開之前去。

【要離開前，提醒朋友上洗手間】

＊＊───────────

153. try〔traɪ〕*v.* 嘗試　　proof〔pruf〕*n.* 證明；證據

pudding〔'pʊdɪŋ〕*n.* 布丁

154. piece〔pis〕*n.* 一件；一塊　　left〔lɛft〕*adj.* 剩下的

take〔tek〕*v.* 拿；吃；喝　　have〔hæv〕*v.* 吃；喝

155. leave〔liv〕*v.* 離開　　soon〔sun〕*adv.* 很快

chance〔tʃæns〕*n.* 機會

bathroom〔'bæθˌrum〕*n.* 浴室；廁所

Last chance for the bathroom. 源自 It's your last chance for
the bathroom.

Go before we leave. 源自 You should go before we leave.

□ **156.** ***Great service.***　　　　　很棒的服務。

　　　Very professional.　　　非常專業。

　　　You guys are the best.　你們是最棒的。

【在餐廳或飯店，可以對服務人員說上面這三句話】

□ **157.** ***We're done.***　　　　　我們吃完了。

　　　We're finished.　　　　我們吃完了。

　　　Check, please.　　　　請給我們帳單。

【吃完飯後，可說這三句】

□ **158.** ***I want to treat you.***　　　我想要請你。

　　　Charge it to me.　　　　記在我的帳上。

　　　Let me take care of the　讓我來付帳。
　　　　bill.

4.
吃
吃
喝
喝

**——————

156. great〔gret〕*adj.* 很棒的　　service〔'sɝvɪs〕*n.* 服務
　　professional〔prə'fɛʃənl̩〕*adj.* 專業的
　　Very professional. 源自 You are very professional.
　　guy〔gaɪ〕*n.* 人；傢伙　　***you guys*** 你們

157. done〔dʌn〕*adj.* 完成的；結束的
　　finished〔'fɪnɪʃt〕*adj.* 完成的；結束的
　　check〔tʃɛk〕*n.* 支票；帳單

158. treat〔trit〕*v.* 請客　　charge〔tʃɑrdʒ〕*v.* 記帳　　check
　　take care of 負責處理；支付
　　bill〔bɪl〕*n.* 帳單　　***take care of the bill*** 付帳單

□ 159. *I can't wait*. | 我等不及了。
I can't hold it anymore. | 我忍不住了。
My bladder is about to explode. | 我的膀胱要爆炸了。

□ 160. *Let's take turns*. | 我們輪流吧。
You first, then me. | 你先，然後我。
You go, then I'll go. | 你去，然後我再去。

【和朋友一起去洗手間，可以說上面六句話】

□ 161. *Watch what you eat*. | 要注意你吃的東西。
Stop eating junk food. | 不要再吃垃圾食物。
You are what you eat. | 你吃什麼，就長成什麼樣。

** ─────────────

159. *not…anymore* 不再⋯　　hold〔hold〕v. 抑制；忍住
bladder〔'blædɚ〕n. 膀胱　　*be about to V.* 即將；快要
explode〔ɪk'splod〕v. 爆炸

160. 如玩遊戲、上廁所、吃自助餐時，都可以說這三句。
take turns 輪流　　　then〔ðɛn〕adv. 然後

161. watch〔watʃ〕v. 注意　　what〔hwat〕pron. ⋯的東西
stop + V-ing 停止⋯　　junk〔dʒʌŋk〕n. 垃圾
junk food 垃圾食物【空有熱量，沒有營養價值的食物，如洋芋片、
薯條等】

You are what you eat. 你就是你所吃的東西，也就是「你吃什
麼，就長成什麼樣。」吃得好，就長得好，「人如其食。」

□ 162. ***I ate too much.*** | 我吃太多了。
     I've had more than enough. | 我吃得太飽了。
     I want to walk it off. | 我想要散散步把它消耗掉。

【吃完飯後，覺得吃太飽了，可以說這三句話】

□ 163. ***It's my treat.*** | 我請客。
     It's on me. | 我請客。
     Let me pay. | 讓我付錢。

【要付帳請客時，就說這三句話】

□ 164. ***All gone.*** | 全都沒了。
     No more. | 沒有了。
     None left. | 沒有剩下的了。

【如果有人問：Any milk in the fridge?（冰箱裡有沒有牛奶？）
就可以回答以上三句話】

4. 吃吃喝喝

** ————————————

162. have〔hæv〕v. 吃；喝　　***more than enough*** 過多
walk off 以散步消除
163. treat〔trit〕n. 請客　　***be on sb.*** 由某人支付；由某人請客
pay〔pe〕v. 付錢
164. gone〔gɔn〕adj. 用光了的　　***All gone.*** = It's all gone.
no more 不復存在的；沒有了　　***No more.*** = There is no more.
none〔nʌn〕pron. 一點也沒有；完全沒有
left〔lɛft〕adj. 剩下的　　***None left.*** = There is none left.

□ **165.** *You're doing good*   你們的生意做得很好。
      business.

    Great place.   這個地方很棒。

    I'll be back for sure.   我一定會再回來。

□ **166.** *Save these seats*.   佔著這些位子。

    Hold this table.   佔著這個桌子。

    Don't let anyone take it.   不要讓別人佔了。

    【請朋友佔位子，就説這三句話】

□ **167.** *Thirsty?*   口渴嗎？

    How about a drink?   來杯飲料如何？

    How about a bottle of   來一瓶水如何？
      water?

** ————————————

165. business〔'bɪznɪs〕*n.* 生意；商業　　***do business*** 做生意
great〔gret〕*adj.* 很棒的　　place〔ples〕*n.* 地方；餐館
Great place. 源自 It's a great place.
back〔bæk〕*adv.* 返回；回原處　　***for sure*** 一定；確定地

166. save〔sev〕*v.* 保留　　hold〔hold〕*v.* 擁有；佔有
take〔tek〕*v.* 佔用；就（座）

167. thirsty〔'θɝstɪ〕*adj.* 口渴的
Thirsty? 是由 Are you thirsty? 簡化而來。
How about ~? ～如何？
drink〔drɪŋk〕*n.* 飲料　　bottle〔'batḷ〕*n.* 瓶

thirty

□ 168. ***Let's go Dutch.*** | 我們各付各的吧。
　　　 Let's split it. | 我們平均分攤吧。
　　　 Let's both pay half. | 我們兩個各付一半吧。

□ 169. ***Here you are.*** | 拿去吧。
　　　 Here it is. | 拿去吧。
　　　 Here is what you wanted. | 你要的東西在這裡。

□ 170. ***They're everywhere.*** | 它們到處都是。
　　　 They're all around. | 它們到處都有。
　　　 They're a dime a dozen. | 多得不稀罕。

【當看到麥當勞或星巴克時，就可說這三句話】

4. 吃吃喝喝

** ————————————

168. Dutch〔dʌtʃ〕*adj.* 荷蘭的　　***go Dutch*** 各付各的
split〔splɪt〕*v.* 使分裂；分攤　　half〔hæf〕*n.* 一半
169. ***Here you are.*** 你要的東西在這裡；拿去吧。(= *Here it is.*)
170. everywhere〔'ɛvrɪ,hwɛr〕*adv.* 到處
all around 到處；四處 (= *all over*)
dime〔daɪm〕*n.* 一角硬幣
dozen〔'dʌzn̩〕*n.* 一打；十二個　　　　　　dime
a dime a dozen （像一角可以買一打似的）因太多而不值錢，
　　不稀罕；多得不稀罕；稀鬆平常的

☐ 171. *I rarely drink wine.*　　　　我很少喝酒。

　　　I seldom go to bars.　　　我很少去酒吧。

　　　Just once in a blue moon.　幾乎未曾有過。

☐ 172. *How about a drink?*　　　喝杯飲料如何？

　　　Let's get a drink.　　　　我們去買杯飲料吧。

　　　Let me buy you a drink.　讓我請你喝杯飲料。

☐ 173. *I'm going to order.*　　　我要去點餐。

　　　What would you like?　　你想要什麼？

　　　Small, medium, or large?　小杯、中杯，還是大杯？

** ————————————————

171. rarely (ˈrɛrlɪ) *adv.* 很少　　　wine (waɪn) *n.* 酒；葡萄酒

　　seldom (ˈsɛldəm) *adv.* 很少　　　bar (bɑr) *n.* 酒吧

　　once in a blue moon 罕有地；幾乎未曾有過；千載難逢地

　　Just once in a blue moon.

　　　= It just happens once in a blue moon.

172. *How about~?* ~如何？(= *What about~?*)

　　drink (drɪŋk) *n.* 飲料　　　get (gɛt) *v.* 買

　　buy sb. sth. 買某物給某人；請某人吃或喝某物

173. order (ˈɔrdɚ) *v.* 點菜

　　would like 想要

　　medium (ˈmidɪəm) *adj.* 中等的

□ **174.** *Sip it slowly*. 　　　　　慢慢地小口地喝。

　　　　Blow on it. 　　　　　要對著它吹氣。

　　　　Don't burn your tongue. 　　不要燙傷舌頭。

□ **175.** *Eat breakfast like a king*. 　早餐要吃得像國王。

　　　　Eat lunch like a prince. 　　午餐要吃得像王子。

　　　　Eat dinner like a beggar. 　晚餐要吃得像乞丐。

　　　【給朋友關於三餐的建議】

□ **176.** *How's the food?* 　　　　　食物如何？

　　　　How's the flavor? 　　　　味道如何？

　　　　Taste good? 　　　　　　好吃嗎？

—————

174. sip〔sɪp〕v. 啜飲；小口喝　　slowly〔'slolɪ〕adv. 慢慢地
blow〔blo〕v. 吹　　***blow on*** 往…吹氣
burn〔bɜn〕v. 燙傷　　tongue〔tʌŋ〕n. 舌頭

175. king〔kɪŋ〕n. 國王　　prince〔prɪns〕n. 王子
beggar〔'bɛgɚ〕n. 乞丐

西方有一句諺語說：「早上吃得像國王、中午像王子，晚上像乞
丐。」早餐要吃好，午餐要吃飽，晚餐要吃少。早餐是最重
要的一餐，因爲你經過一夜睡眠，非常需要營養供應，同時
早上七點到九點也是胃最活躍的時候，這時候吃早餐最容易
消化吸收，早餐也影響一天的情緒和精力。

176. flavor〔'flevɚ〕n. 味道；風味　　taste〔test〕v. 嚐起來
Taste good? 源自 Does it taste good?

4.
吃
吃
喝
喝

□ 177. *I'm satisfied.* 　　　　　　　 我很滿足。

I have no complaints. 　　　　我沒有怨言。

Everything is fine. 　　　　　一切都很好。

【給朋友飲食方面的建議】

□ 178. *Eat more natural.* 　　　　　要多吃天然的食物。

Eat less artificial. 　　　　　要少吃人工的食品。

Fruit, nuts, and 　　　　　　水果、堅果,和蔬菜是

　　vegetables are best. 　　　最好的。

□ 179. *Avoid sugary treats.* 　　　　要避免吃甜食。

Avoid salty foods. 　　　　　要避免鹹的食物。

No sodas or soft drinks. 　　不要喝汽水或不含酒精
　　　　　　　　　　　　　　的飲料。

** ────────

177. satisfied (ˈsætɪsˌfaɪd) *adj.* 感到滿意的;滿足的

complaint (kəmˈplent) *n.* 抱怨　　fine (faɪn) *adj.* 很好的

178. natural (ˈnætʃərəl) *adj.* 自然的;天然的

artificial (ˌɑrtəˈfɪʃəl) *adj.* 人造的;人工的

Eat more natural. 和 *Eat less artificial.* 最後都省略了 foods。

fruit (frut) *n.* 水果　　　　nut (nʌt) *n.* 堅果

vegetable (ˈvɛdʒətəbḷ) *n.* 蔬菜

179. avoid (əˈvɔɪd) *v.* 避免

sugary (ˈʃʊgərɪ) *adj.* 糖的;甜的　　treat (trit) *n.* 非常好的事物

salty (ˈsɔltɪ) *adj.* 含鹽的;有鹹味的　　soda (ˈsodə) *n.* 汽水

soft drink 不含酒精的飲料;清涼飲料

nuts

□ 180. **Stay hydrated**.　　　要多喝水。
　　　Drink plenty of water.　　要喝很多水。
　　　Drink eight glasses a　　一天喝八杯。
　　　　day.
　　　【提醒朋友多喝水】

□ 181. **Buy only fresh fruit**.　只買新鮮的水果。
　　　Make sure it's ripe.　　要確定它是熟的。
　　　Don't buy anything　　不要買任何腐壞的東西。
　　　　spoiled.

□ 182. **Delicious**.　　　　　很好吃。
　　　Tastes fantastic.　　　嚐起來很棒。
　　　I love it.　　　　　　我很喜歡。

4.
吃
吃
喝
喝

** —————————

180. stay〔ste〕v. 保持　　hydrate〔'haɪdret〕v. 為…提供水分
　　Stay hydrated. 字面的意思是「要保持身體的水分。」在此引申
　　　為「要多喝水。」
　　plenty of 很多的　　glass〔glæs〕n. 玻璃杯；一杯
181. fresh〔frɛʃ〕adj. 新鮮的　　**make sure** 確定
　　ripe〔raɪp〕adj. 成熟的　　spoiled〔spɔɪld〕adj.（食物）腐壞的
182. **Delicious**. 是由 It's delicious. 簡化而來。
　　delicious〔dɪ'lɪʃəs〕adj. 美味的；好吃的
　　taste〔test〕v. 嚐起來　　fantastic〔fæn'tæstɪk〕adj. 很棒的
　　Tastes fantastic. 源自 It tastes fantastic.

☐ 183. **_We can't finish this_**. 　　這個我們吃不完。

　　Please bag this. 　　請把這個打包。

　　A doggie bag, OK? 　　用剩菜袋裝，可以嗎？

☐ 184. **_There's a bakery_**. 　　那裡有一家麵包店。

　　Let's buy something 　　我們去買一些新鮮的東

　　　fresh. 　　西吧。

　　Bread, cake, or cookies? 　　麵包、蛋糕，或餅乾？

☐ 185. **_Check the label_**. 　　要檢查標籤。

　　Check the date. 　　要檢查日期。

　　Make sure it hasn't 　　要確定它沒有過期。

　　　expired.

【購買食物時要說這三句話來提醒】

＊＊──────────────

183. finish〔'fɪnɪʃ〕*v.* 完成；做完；吃完

　　bag〔bæg〕*v.* 將…裝入袋中　　doggie〔'dɔgɪ〕*n.* 小狗

　　doggie bag　（把在餐廳吃剩的菜帶回家的）剩菜袋

184. bakery〔'bekərɪ〕*n.* 麵包店　　fresh〔frɛʃ〕*adj.* 新鮮的

　　bread〔brɛd〕*n.* 麵包　　cookie〔'kʊkɪ〕*n.* 餅乾

185. label〔'lebl̩〕*n.* 標籤　　date〔det〕*n.* 日期

　　Check the date. 源自 Check the expiration date.　　cookies

　　（要檢查保存期限。）【expiration〔ˌɛkspə'reʃən〕*n.* 期滿；到期】

　　make sure 確定　　expire〔ɪk'spaɪr〕*v.* 到期；期滿

□ 186. *I need a pick-me-up*.　我需要提神劑。
　　　 I need something to perk　我需要某個東西來提神。
　　　　 me up.
　　　 Let's get some coffee.　我們去買些咖啡吧。

□ 187. *I'm giving up soft drinks*.　我要戒除清涼飲料。
　　　 I'm quitting right now.　我現在正在戒。
　　　 I'm going cold turkey.　我要說戒就戒。

** ————————————

186. pick-me-up〔'pɪk mi ˌʌp〕*n.* 提神劑

　　 perk sb. up 使某人有活力；使某人振作起來　　*get*〔gɛt〕*v.* 買

187. *give up* 放棄；停止…的使用；戒除

　　 soft drink 清涼飲料；不含酒精的飲料　　*quit*〔kwɪt〕*v.* 戒除

　　 right now 現在　　*go*〔go〕*v.* 變得（＝ *become*）

　　 cold turkey 突然完全停止服用毒品；（戒毒中出現痛苦不適的）

　　 戒斷症狀（＝ *the pains that someone feels when they stop taking drugs that they are addicted to*）【爲何用 cold turkey（冷火雞）

　　 這個說法？這個名詞最早是指戒毒的人，一開始會經歷身體發冷，

　　 和起雞皮疙瘩的症狀】

　　 go cold turkey 一下子突然戒掉；說戒就戒【而不是慢慢減少次數】

　　 例如：John *quit* smoking *cold turkey*.（約翰說戒就戒了煙。）

　　　　 I'm going to *go cold turkey* on chocolate.

　　　　（我要馬上戒掉吃巧克力的癮。）

　　　　 I really admire him for *quitting cold turkey*.

　　　　（我眞的很佩服他說戒就戒。）

4.
吃吃喝喝

☐ 188. ***Welcome, everybody.***　　　　歡迎大家。

　　We're like one big　　　　　我們像是一個大家庭。
　　　family.

　　Let's break bread　　　　　我們一起吃飯吧。
　　　together.

☐ 189. ***Please come in.***　　　　請進。

　　Take your shoes off.　　　　把鞋子脫掉。

　　Put on some slippers.　　　　穿上拖鞋。

☐ 190. ***It's an honor.***　　　　這是種榮幸。

　　Thank you for inviting　　　謝謝你邀請我們。
　　　us.

　　We're happy to be here.　　　我們很高興能來這裡。

＊＊────────────────────

188. welcome〔'wɛlkʌm〕*interj.* 歡迎（光臨）

　like〔laɪk〕*prep.* 像　　　bread〔brɛd〕*n.* 麵包

　break bread 字面意思是「把麵包折斷」，表示「一起吃飯」
　　（= *eat together*）。

　Let's break bread together. 也可說成：Let's break bread.

189. ***take off*** 脫掉　　shoes〔ʃuz〕*n. pl.* 鞋子

　put on 穿上　　slippers〔'slɪpɚz〕*n. pl.* 拖鞋

190. honor〔'ɑnɚ〕*n.* 光榮；光榮的事

　invite〔ɪn'vaɪt〕*v.* 邀請

slippers

5. 談論旅遊
Talking About Travel

用手機掃瞄聽錄音

□ **191.** ***The holiday is coming*.**　　　假日就要來了。
　　　I'm looking forward to it.　　我很期待。
　　　I can hardly wait.　　　　　我等不及了。

□ **192.** ***I want to travel*.**　　　　我想要旅行。
　　　I want to take a trip.　　　我想要去旅行。
　　　I want to go abroad.　　　　我想要出國。

□ **193.** ***Go overseas*.**　　　　　　要出國。
　　　See the world.　　　　　　要去看看世界。
　　　Travel to the four　　　　　要去世界的各個角落旅
　　　　corners of the world.　　　行。

＊＊────────────

191. holiday〔ˋhɑləˏde〕*n.* 假日　　***look forward to*** 期待
　　hardly〔ˋhɑrdlɪ〕*adv.* 幾乎不

192. travel〔ˋtrævḷ〕*v.* 旅行　　trip〔trɪp〕*n.* 旅行
　　take a trip 去旅行　　abroad〔əˋbrɔd〕*adv.* 到國外
　　go abroad 出國（= *go overseas* ）

193. overseas〔ˋovɚˋsiz〕*adv.* 到國外（= *abroad* ）
　　go overseas 出國　　corner〔ˋkɔrnɚ〕*n.* 角落
　　four corners of the world 四面八方；五湖四海；世界的各個角落

□ **194.** *Let's see the unseen*. 讓我們去看沒看過的東西。

Let's do what's never 讓我們做以前沒做過的事。
been done before.

Let's travel the world 讓我們到世界各地去旅行。
far and wide.

□ **195.** *I love this place*. 我愛這個地方。

I feel right at home. 我覺得很自在。

This is my favorite 這是我最喜歡去的地方。
hangout.

□ **196.** *Let's follow the locals*. 我們模仿當地人吧。

Do what the locals do. 做當地人做的事。

Eat what the locals eat. 吃當地人吃的食物。

**————————————

194. unseen〔ʌnˈsin〕*adj.* 看不見的；沒看過的
travel〔ˈtrævl̩〕*v.* 去…旅行；遊歷　　*far and wide* 到處
Let's travel the world far and wide.
= Let's travel to places in the world far and wide.
= Let's travel around the world.
= Let's travel all over the world.

195. right〔raɪt〕*adv.* 完全地；全然　　*at home* 自在
feel at home 覺得自在　　favorite〔ˈfevərɪt〕*adj.* 最喜愛的
hangout〔ˈhæŋˌaʊt〕*n.* 常去的地方；聚會處

196. follow〔ˈfalo〕*v.* 模仿；仿效　　local〔ˈlokl̩〕*n.* 當地人

☐ **197.** *I feel refreshed.* | 我感覺精神恢復了。
　　 I got my second wind. | 我精神恢復了。
　　 I'm ready to go again. | 我準備好再次出發。

☐ **198.** *This place is famous.* | 這個地方很有名。
　　 This area is popular. | 這個地區很受歡迎。
　　 Everyone knows this | 每個人都知道這個地方。
　　　 place. |

☐ **199.** *We're stuck in traffic.* | 我們被困在車陣裡。
　　 It's a traffic jam. | 現在塞車。
　　 It's bumper to bumper. | 車子一輛接一輛。

【遇到塞車時可說這三句話】

bumper to bumper

**————

197. refresh〔rɪ'frɛʃ〕*v.* 使恢復精神
　　 wind〔wɪnd〕*n.* 風；氣息；呼吸
　　 second wind（激烈運動後的）換氣；重新振作；恢復精神
198. famous〔'feməs〕*adj.* 有名的　　area〔'ɛrɪə〕*n.* 地區
　　 popular〔'pɑpjələ〕*adj.* 受歡迎的
199. stuck〔stʌk〕*adj.* 困住的
　　 traffic〔'træfɪk〕*n.* 交通；往來的車輛
　　 jam〔dʒæm〕*n.* 阻塞　　***traffic jam*** 交通阻塞
　　 bumper〔'bʌmpə〕*n.*（汽車車身前後的）保險桿
　　 bumper to bumper 車子一輛接一輛（＝ *with many cars that are*
　　　 so close that they are almost touching each other）

bumper

☐ 200. *So much to do*.

So much to see.

Let's get going.

有很多事情可做。

有很多東西可看。

我們出發吧。

☐ 201. *So, this is it*.

I'm finally here.

I've heard so much
　　about it.

噢，就是這個地方。

我終於到了。

我聽說過很多關於它的事。

☐ 202. *Sorry to bother you*.

Sorry to ask.

Could you please take
　　our picture?

很抱歉打擾你。

很抱歉要問你。

你能幫我們拍照嗎？

【請別人幫你拍照時，説這三句話】

＊＊——————————————

200. *So much to do*. 是由 There is so much to do. 簡化而來。
　　So much to see. 源自 There is so much to see.
　　get going 出發

201. so〔so〕*adv.* 所以；噢；原來　　finally〔'faɪnlɪ〕*adv.* 最後；終於
　　hear about 聽說關於…的事

202. bother〔'bɑðɚ〕*v.* 打擾
　　Sorry to bother you. 是 I'm sorry to bother you. 的省略。
　　Sorry to ask. 是 I'm sorry to ask. 的省略。
　　picture〔'pɪktʃɚ〕*n.* 照片　　*take one's picture* 幫某人拍照

□ **203.** *Let's take a picture*.　　　我們來拍照吧。
　　　You guys get together.　　　你們站在一起。
　　　Get in closer.　　　靠近一點。

□ **204.** *Many streets*.　　　有很多街道。
　　　Lots of alleys.　　　有很多巷子。
　　　Many tiny lanes.　　　有很多小巷子。

□ **205.** *Stay on the sidewalk*.　　　留在人行道上。
　　　Stay off the curb.　　　遠離人行道路緣。
　　　Get out of the street.　　　離開街道。

【走路要注意安全，説這三句話來提醒朋友】

** ─────────────

203. *take a picture* 拍照　　　guy〔gaɪ〕*n.* 人；傢伙
　　　you guys 你們　　　*get together* 在一起
　　　get in 進入；參加　　　close〔klos〕*adv.* 靠近地；接近地
　　　Get in closer. 字面的意思是「進去更靠近一點。」也就是拍照
　　　　時要進到畫面裡，所以要「靠近一點。」
204. alley〔'ælɪ〕*n.* 巷子　　　tiny〔'taɪnɪ〕*adj.* 微小的
　　　lane〔len〕*n.* 巷子
205. stay〔ste〕*v.* 停留
　　　sidewalk〔'saɪd,wɔk〕*n.* 人行道
　　　off〔ɔf〕*prep.* 離開；脫離
　　　curb〔kɝb〕*n.* 路邊；（人行道旁的）
　　　　邊石；路緣　　　*get out of* 離開

curb

□ **206.** *I need help*.   我需要幫忙。

     Could you help me?   你能幫我嗎？

     Do you mind?   你介意嗎？

□ **207.** *I'm soaked*.   我濕透了。

     I'm drenched.   我濕透了。

     I got caught in the rain.   我淋到雨了。

□ **208.** *Stick around*.   待在這裡。

     Stay a while.   待一會兒。

     Don't leave.   不要離開。

□ **209.** *Go two blocks*.   走兩條街。

     Go two intersections.   過兩個十字路口。

     Just two red lights.   只要過兩個紅燈。

**————————

206. mind〔maɪnd〕*v.* 介意

207. soak〔sok〕*v.* 浸泡；使濕透　　drench〔drɛntʃ〕*v.* 使濕透
get caught in 遇到　　*get caught in the rain* 淋到雨

208. stick〔stɪk〕*v.* 黏住；在一起
stick around 待在附近；待一陣子
stay〔ste〕*v.* 停留　　*a while* 一會兒

209. go〔go〕*v.* 去；移動；前進　　block〔blɑk〕*n.* 街區
intersection〔͵ɪntəˈsɛkʃən〕*n.* 十字路口　　*red light* 紅燈

□ **210.** *I'm a big hiker.*　　　　　我很喜歡徒步旅行。
I like hiking in the　　　　我喜歡爬山。
　　mountains.
It's safer than mountain　　那比登山安全。
　　climbing.

□ **211.** *Ever travel abroad?*　　　曾經出過國嗎？
Go overseas?　　　　　　　出過國嗎？
Visit a foreign country?　　去過外國嗎？

** ————————————————

210. big〔bɪg〕*adj.* 突出的；不平凡的；非常的
hiker〔'haɪkɚ〕*n.* 徒步旅行者
a big hiker 很喜歡徒步旅行的人【其他如：a big eater（食量
　　很大的人）、a big liar（大騙子）等】
mountain〔'mauntn̩〕*n.* 山　　***in the mountains*** 在山上
safe〔sef〕*adj.* 安全的　　climb〔klaɪm〕*v.* 爬；攀登
mountain climbing 登山【一般的「爬山」，通常是走路上山，
　　所以是 hike，而 mountain climbing（登山）則須有特殊裝備，
　　難度較高】

211. ever〔'ɛvɚ〕*adv.* 曾經　　abroad〔ə'brɔd〕*adv.* 到國外
Ever travel abroad? 源自 Did you ever travel abroad?
overseas〔'ovɚ'siz〕*adv.* 到國外
Go overseas? 源自 Did you ever go overseas?
visit〔'vɪzɪt〕*v.* 遊覽；去　　foreign〔'fɔrɪn〕*adj.* 外國的
Visit a foreign country? 源自 Did you ever visit a foreign
　　country?

☐ 212. *I'm beat*. | 我好累。
I'm bushed. | 我好累。
I can't keep my eyes open. | 我累得眼睛快張不開了。

☐ 213. *I'm sweating*. | 我正在流汗。
I'm sweaty. | 我汗流浹背。
I have sweat all over. | 我全身都是汗。

☐ 214. *It's a light rain*. | 正在下小雨。
It's a drizzle. | 正在下毛毛雨。
It's sprinkling on and off. | 正在下斷斷續續的小雨。

** ———————————

212. beat〔bit〕*adj.* 疲倦的
bushed〔buʃt〕*adj.* 疲倦的【bush 當名詞時，是指「灌木叢」】
keep〔kip〕*v.* 使保持（某種狀態）

213. sweat〔swɛt〕*v.* 流汗　*n.* 汗
sweaty〔'swɛtɪ〕*adj.* 發汗的；汗流浹背的
all over 全身；到處

214. light〔laɪt〕*adj.* 輕微的
light rain 小雨（↔ *heavy rain* 大雨）
drizzle〔'drɪzḷ〕*n.* 毛毛雨
sprinkle〔'sprɪŋkḷ〕*v.* 撒；下小雨
on and off 斷斷續續地（= *off and on*）

□ **215.** ***So relaxing.*** | 很令人放鬆。
So comfortable. | 很舒服。
I love this place. | 我愛這個地方。

□ **216.** ***Buckle up!*** | 要繫好安全帶！
Fasten your seat belt! | 要繫好安全帶！
Safety first! | 安全第一！

【上車、上飛機時要說這三句話】

□ **217.** ***I pass.*** | 跳過我吧。
I'm not going. | 我沒有要去。
Don't count me in. | 不要把我算在內。

** ─────────────

215. so〔so〕*adv.* 很；非常
relaxing〔rɪ'læksɪŋ〕*adj.* 令人放鬆的
comfortable〔'kʌmfɚtəbļ〕*adj.* 舒服的

216. buckle〔'bʌkļ〕*v.* 扣住；扣緊
buckle up （在飛機、汽車上）繫好安全帶
fasten〔'fæsn̩〕*v.* 繫上
seat belt 安全帶（= *seatbelt*）　　safety〔'seftɪ〕*n.* 安全
Safety first. 安全第一；安全是最重要的。
　　　（= *The most important thing is safety.*）

seat belt

217. pass〔pæs〕*v.* 跳過；不叫牌
I pass. 我免了；我不用了；跳過我吧。
count〔kaʊnt〕*v.* 數；算　　***count…in*** 把…算在內

□ 218. ***What a crowd!*** | 人好多！
What a sea of people! | 人山人海！
So many people are | 這裡人很多。
    here.

□ 219. ***I'm lost.*** | 我迷路了。
Where am I? | 這裡是哪裡？
Where are we? | 這裡是哪裡？
【問「這裡是哪裡？」，不能說 *Where is here?*（誤）】

□ 220. ***Go straight.*** | 直走。
Turn right and turn left. | 右轉，然後左轉。
You'll see it. | 你就會看到它。

＊＊────────────

218. 「人山人海」不是 *People mountain, people sea.*（誤）看到人很
多時，可說以上三句話。　　　crowd〔kraud〕*n.* 人群；群眾
what〔hwɑt〕*adv.*【用於感嘆句】多麼的；何等的
What a crowd! 源自 What a crowd it is!
a sea of （如海水般）多量的；許多的

219. lost〔lɔst〕*adj.* 迷路的
Where am I? 字面意思是「我在哪裡？」也就是「這裡是哪裡？」
Where are we? 字面意思是「我們在哪裡？」也就是「這裡是哪
裡？」

220. straight〔stret〕*adv.* 直直地　　　turn〔tɜn〕*v.* 轉彎
right〔raɪt〕*adv.* 向右地　　　left〔lɛft〕*adv.* 向左地

5.
談
論
旅
遊

□ **221.** *No bad traffic.* | 交通狀況還不錯。
    No fast cars. | 沒有急馳的車輛。
    We're safe here. | 我們在這裡很安全。

□ **222.** *Are you able?* | 你還行嗎？
    Are you feeling tired? | 你會覺得累嗎？
    Want me to drive? | 要我開車嗎？

□ **223.** *There is nobody here!* | 這裡沒有任何人！
    We're all alone. | 只有我們。
    We have this place to | 我們可以獨享這個地方。
    ourselves.

** ————————————

221. traffic〔'træfɪk〕*n.* 交通
No bad traffic. 源自 There is no bad traffic.
fast〔fæst〕*adj.* 快速的
No fast cars. 源自 There are no fast cars.
safe〔sef〕*adj.* 安全的

222. able〔'ebḷ〕*adj.* 能夠做的；有能力的
Are you able?（= *Are you up to it?* = *Can you do it?*）
【*be up to* 能做；能勝任】　　tired〔taɪrd〕*adj.* 疲倦的
Want me to drive? 源自 Do you want me to drive?

223. nobody〔'noˌbadɪ〕*pron.* 沒有人；無人
alone〔ə'lon〕*adj.* 單獨的；獨自的　　*all alone* 獨自一人
have sth. to oneself 可獨自使用某物；可以獨享某物

□ 224. **It's not too hot.**　　　　　　　天氣不太熱。

　　　It's not too cold.　　　　　　天氣不太冷。

　　　It's just right.　　　　　　　剛剛好。

□ 225. **I'm wet.**　　　　　　　　　　我淋濕了。

　　　I'm wet to the bone.　　　　我濕透了。

　　　I'm wet through and　　　　我全身濕透了。
　　　　through.

【遇到大雨，全身都淋濕了，就可以説這三句】

□ 226. **It's a cloudy day.**　　　　　　今天天氣多雲。

　　　It's windy and breezy.　　　風很大，也有微風。

　　　It's cool and chilly.　　　　涼爽又寒冷。

** ───────────────────

224. 看到天氣很好，可先說：I can't believe what a beautiful day
　　it is!（我眞不敢相信天氣會這麼好！）再説以上三句話。

　　just right 剛剛好

225. wet〔wɛt〕*adj.* 濕的　　bone〔bon〕*n.* 骨頭

　　to the bone 徹底地；到極點　　　　　　　　　　bone

　　I'm wet to the bone. 也可説成：I'm wet to the skin.（我的衣
　　服濕透了。）【*wet* (*through*) *to the skin* 衣服濕透了】

　　through and through 徹底地

226. cloudy〔'klaʊdɪ〕*adj.* 多雲的　　windy〔'wɪndɪ〕*adj.* 風大的

　　breezy〔'brizɪ〕*adj.* 有微風的　　cool〔kul〕*adj.* 涼爽的

　　chilly〔'tʃɪlɪ〕*adj.* 寒冷的

☐ 227. *I love the big city*. | 我愛大城市。
　　　It's so exciting. | 那裡很刺激。
　　　There's so much to do. | 有很多事情可做。

☐ 228. *It's interesting here*. | 這裡很有趣。
　　　I'm glad we came. | 我很高興我們來了。
　　　Thanks for bringing me. | 謝謝你帶我來。

☐ 229. *I'm not taking part*. | 我沒有要參加。
　　　I'm not participating. | 我沒有要參加。
　　　I'm going to sit this one | 我沒有要參加這個。
　　　out.

☐ 230. *Walk that way*. | 往那邊走。
　　　Go down there. | 去那邊。
　　　Go down the street. | 沿著那條街走。

**─────────────

227. so〔so〕*adv.* 非常
　　　exciting〔ɪk'saɪtɪŋ〕*adj.* 令人興奮的；刺激的
228. interesting〔'ɪntrɪstɪŋ〕*adj.* 有趣的
　　　glad〔glæd〕*adj.* 高興的　　bring〔brɪŋ〕*v.* 帶（人）來
229. *take part* 參加　　participate〔par'tɪsə,pet〕*v.* 參加
　　　sit out ①坐在戶外 ②坐在一旁不參加
230. way〔we〕*n.* 方向　　*that way* 那個方向；那邊
　　　go down there 去那邊　　down〔daʊn〕*prep.* 沿著…走

5.
談論旅遊

6. 談論工作
Talking About Work

用手機掃瞄聽錄音

□ 231. ***I go to work at eight-thirty.***　　我八點半去上班。

I break for lunch at noon.　　我中午休息吃午餐。

I get off work at five.　　我五點下班。

□ 232. ***Let's continue.***　　我們繼續吧。

Let's keep going.　　我們持續進行吧。

No time to waste.　　沒有時間可以浪費了。

□ 233. ***Find a way.***　　要找個方法。

Get it done.　　要把它完成。

Get to it!　　開始做吧!

** ———————————————

231. ***go to work*** 去上班　　break〔brek〕v. 休息；停止工作
noon〔nun〕n. 中午　　***get off work*** 下班
232. continue〔kən'tɪnju〕v. 繼續　　keep〔kip〕v. 持續
go〔go〕v. 活動；進行工作　　***keep going*** 持續進行
waste〔west〕v. 浪費
No time to waste. 源自 There is no time to waste.
233. way〔we〕n. 方法　　done〔dʌn〕adj. 完成了的
get to 開始；著手處理

□ **234.** ***Everyone here?***   大家都到了嗎？

    Everyone ready?   大家都準備好了嗎？

    Let's get down to   我們開始工作吧。
        business.

□ **235.** ***Let's work together.***   我們合作吧。

    Let's help each other.   我們互相幫忙吧。

    We'll be like a team.   我們會像個團隊一樣。

□ **236.** ***I've had it.***   我受夠了。

    I'm exhausted.   我累壞了。

    Let's call it quits for   我們今天到此為止吧。
        today.

【很累想下班了，就這麼說】

**───────────

234. ***Everyone here?*** 源自 Is everyone here?

ready〔ˈrɛdɪ〕*adj.* 準備好的

Everyone ready? 源自 Is everyone ready?

get down to business （專心）著手工作

235. ***work together*** 合作（= *cooperate*）   ***each other*** 互相

like〔laɪk〕*prep.* 像   team〔tim〕*n.* 團隊

236. ***have had it*** 厭倦了；受夠了

exhausted〔ɪgˈzɔstɪd〕*adj.* 筋疲力盡的

quit〔kwɪt〕*v.* 停止 *n.* 辭職；離開

call it quits 停止工作（= *call it a day*）

exhausted

□ **237.** ***Do more*.**　　　　　　　要多做一點。

Go above and beyond.　　要超出很多很多。

Go beyond the call of　　要做你職責範圍之外的事。

duty.

□ **238.** ***Work harder*.**　　　　要更加努力。

Pick up your pace.　　　加快腳步。

Intensify your efforts.　　加緊努力。

□ **239.** ***Get it done*.**　　　　把它做完。

Finish the job.　　　　把工作完成。

Don't make me kill　　不要逼我殺死你。【幽默用語】

you.

** ——————————

237. above〔ə'bʌv〕*adv.* 在上面

beyond〔bɪ'jɑnd〕*adv.* 在遠處　*prep.* 超過…的範圍；出乎…之外

go above and beyond 超過很多很多　　***go beyond*** 超過

call〔kɔl〕*n.* 需要；要求　　duty〔'djutɪ〕*n.* 職責

go beyond the call of duty 做自己職責範圍之外的事情

238. ***work hard*** 努力；努力工作　　***pick up*** 增加（速度）

pace〔pes〕*n.* 步調；速度　　intensify〔ɪn'tɛnsə,faɪ〕*v.* 增強

effort〔'ɛfət〕*n.* 努力

239. get〔gɛt〕*v.* 使　　done〔dʌn〕*adj.* 完成了的；做完的

finish〔'fɪnɪʃ〕*v.* 完成　　job〔dʒɑb〕*n.* 工作

kill〔kɪl〕*v.* 殺死；對…大發脾氣

□ **240.** ***I had a long week.***　　　　　　我度過漫長的一週。

　　　　I accomplished a lot.　　　　我完成了很多事。

　　　　I deserve a break.　　　　　我應該要休息一下。

□ **241.** ***I'm only human.***　　　　　　我只是個人。

　　　　I'm not a machine.　　　　我不是機器。

　　　　I'm not a robot.　　　　　我不是機器人。

□ **242.** ***We're a team.***　　　　　　我們是個團隊。

　　　　We're a family.　　　　　我們是一家人。

　　　　United we stand,　　　　【諺】團結則立，分散則倒。

　　　　　divided we fall.

**────────────

240. long〔lɔŋ〕*adj.*（時間）令人感到長的

accomplish〔ə'kɑmplɪʃ〕*v.* 完成

a lot 很多　　　deserve〔dɪ'zɝv〕*v.* 應得

break〔brek〕*n.* 休息時間；（短期）休假

robot

241. human〔'hjumən〕*adj.* 人的；人類的

machine〔mə'ʃin〕*n.* 機器　　robot〔'robət〕*n.* 機器人

242. team〔tim〕*n.* 團隊　　family〔'fæməlɪ〕*n.* 家庭；家族；一家人

united〔ju'naɪtɪd〕*adj.* 團結的

stand〔stænd〕*v.* 站立；繼續存在

divided〔də'vaɪdɪd〕*adj.* 分開的；分歧的　　fall〔fɔl〕*v.* 倒下

United we stand, divided we fall. 源自 If we are united, we
stand; if we are divided, we fall.

□ 243. *I'm very busy right now.* | 我現在很忙。
Leave me alone. | 不要打擾我。
Please don't bother me. | 請不要打擾我。

□ 244. *Let's call it a day.* | 我們今天到此為止吧。
Let's stop for today. | 我們今天到此為止吧。
We've done enough. | 我們已經做得夠多了。

□ 245. *We're doing the right thing.* | 我們做得對。
We're taking the right steps. | 我們正採取正確的步驟。
Our actions are right on target. | 我們的行動正在準確地朝目標前進。

target

** ─────────────────

243. *right now* 現在
leave〔liv〕*v.* 使處於（某種狀態）　　alone〔ə'lon〕*adj.* 獨自的
leave sb. alone 別管某人；不打擾某人
bother〔'bɑðɚ〕*v.* 打擾

244. *call it a day* 結束工作；到此為止；收工
stop for today 源自 stop the work for today（今天的工作就做到這裡）。　　enough〔ə'nʌf〕*pron.* 足夠的數量

245. step〔stɛp〕*n.* 步驟　　*take the right steps* 採取正確的步驟
action〔'ækʃən〕*n.* 行動　　target〔'tɑrgɪt〕*n.* 目標；標靶
right〔raɪt〕*adv.* 正確地；完全地　　*on target* 準確命中

☐ **246.** ***Our goal is clear-cut.*** 　　我們的目標很明確。

It's plain and simple. 　　非常清楚、明白。

It's black and white. 　　非常明確。

☐ **247.** ***Love your job.*** 　　要熱愛你的工作。

Make it your passion. 　　要使它成為你的愛好。

You'll never have to 　　你就絕對不必「工作」。
　　"work".

☐ **248.** ***Be an expert.*** 　　要成為專家。

Be a man of action. 　　要做個行動家。

Get the job done. 　　要把工作做好。

** ─────────

246. goal〔gol〕*n.* 目標

clear-cut〔'klɪr'kʌt〕*adj.* 明確的；清楚的

plain〔plen〕*adj.* 清楚的；明白的

simple〔'sɪmpl̩〕*adj.* 簡單的；簡明的

plain and simple 清楚、明白的

black and white ①黑白分明的；明確的 ②書面的

247. job〔dʒɑb〕*n.* 工作　　make〔mek〕*v.* 使成為

passion〔'pæʃən〕*n.* 熱情；愛好

248. expert〔'ɛkspɝt〕*n.* 專家　　action〔'ækʃən〕*n.* 行動

a man of action 行動家　　get〔gɛt〕*v.* 使

done〔dʌn〕*adj.* 完成的

□ 249. ***Just let me do it.*** 　　　就讓我做吧。

I can handle it on my 　　　我可以自己處理。
own.

Too many cooks spoil 　　　【諺】人多手腳亂。
the broth.

□ 250. ***Work together.*** 　　　要一起工作。

Teamwork is best. 　　　團隊合作是最好的。

Many hands make light 　　　【諺】人多好辦事；眾擎
work. 　　　易舉。

□ 251. ***Let's start.*** 　　　我們開始吧。

Let's begin now. 　　　我們現在開始吧。

Let's get to it. 　　　我們開始吧。

** ─────────────────

249. just〔dʒʌst〕*adv.* 就　　　handle〔'hændḷ〕*v.* 應付；處理
on** one's **own 獨自　　cook〔kʊk〕*n.* 廚師
spoil〔spɔɪl〕*v.* 破壞　　broth〔brɔθ〕*n.* 湯汁；高湯
Too many cooks spoil the broth. 廚子多了做壞了湯，也就是
「人多手腳亂」，人多反倒誤事。

250. ***work together*** 一起工作；合作（ = *cooperate* ）
teamwork〔'tim,wɜk〕*n.* 團隊合作
hand〔hænd〕*n.* 人手　　light〔laɪt〕*adj.* 輕鬆的；容易的

251. start〔stɑrt〕*v.* 開始　　begin〔bɪ'gɪn〕*v.* 開始
get to 開始；著手處理

7. 自我介紹
Self-Introduction

用手機掃瞄聽錄音

□ 252. ***I enjoy travel.***   我喜歡旅行。
I like foreign movies.   我喜歡外國電影。
I love to speak English.   我愛說英文。

□ 253. ***It's my passion.***   這是我的愛好。
It's what I love to do.   這是我很喜歡做的事。
It's a labor of love.   這是我心甘情願做的事。

□ 254. ***I have one weakness.***   我有一個缺點。
I have one drawback.   我有一個缺點。
I'm always changing
     my mind.   我老是改變心意。

* *
---

252. enjoy〔ɪn'dʒɔɪ〕*v.* 喜歡　　travel〔'trævl̩〕*n.* 旅行
foreign〔'fɔrɪn〕*adj.* 外國的

253. passion〔'pæʃən〕*n.* 熱情；愛好　　labor〔'lebɚ〕*n.* 勞動；工作
labor of love 爲愛好而做的工作；心甘情願做的事

254. weakness〔'wiknɪs〕*n.* 缺點　　drawback〔'drɔ,bæk〕*n.* 缺點
change *one's* ***mind*** 改變心意
I'm always changing my mind. 用「現在進行式」，表示說話
者認爲不良的習慣。

☐ 255. ***I'm awkward with technology***. 　我對現代科技不熟。

I'm clumsy. 　我很笨拙。

I'm all thumbs. 　我一竅不通。

☐ 256. ***I'm always on the go***. 　我總是到處走動。

I'm always on the move. 　我總是動個不停。

I would never let grass grow under my feet. 　我絕不會待在一個地方不動。

☐ 257. ***I'm behind***. 　我落後了。

I'm trying to catch up. 　我正努力要趕上。

I like to stay ahead. 　我喜歡保持領先。

7. 自我介紹

＊＊────────────

255. awkward〔'ɔkwəd〕*adj.* 笨拙的；不熟練的

technology〔tɛk'nɑlədʒɪ〕*n.* 科技

clumsy〔'klʌmzɪ〕*adj.* 笨拙的（= *awkward*）；不擅長的（= *inept*）

I'm clumsy. 也可說成：I'm useless at fixing things.（我不會修理東西。）

thumb〔θʌm〕*n.* 大拇指　　***be all thumbs*** 笨手笨腳；一竅不通

256. ***on the go*** ①不斷地走動 ②忙個不停

on the move 在走動；在動個不停　　grass〔græs〕*n.* 草

let the grass grow under one's ***feet*** 某人待在一個地方不動

257. behind〔bɪ'haɪnd〕*adv.* 在後面；落後

try to *V.* 試圖…；努力…　　***catch up*** 趕上

stay〔ste〕*v.* 保持　　ahead〔ə'hɛd〕*adv.* 在前面

7. 自我介紹

□ **258.** *I'm a forgetful person.* | 我是個健忘的人。
I often misplace things. | 我常常忘記東西放哪裡。
I'm the type of person | 我是那種老是掉東西的
who is always losing | 人。
things.

□ **259.** *I'm a small potato.* | 我是個小人物。
I'm a mouse potato. | 我是個電腦迷。
But I'm not a couch | 但我不會看太多電視。
potato.

** ————————————

258. forgetful〔fɚ'gɛtfəl〕*adj.* 健忘的
misplace〔mɪs'ples〕*v.* 忘記把…放在哪裡
type〔taɪp〕*n.* 類型　　lose〔luz〕*v.* 遺失

259. potato〔pə'teto〕*n.* 馬鈴薯
small potato 小人物；微不足道的人
I'm a small potato. = I'm not important.
mouse〔maʊs〕*n.* 滑鼠

mouse potato 滑鼠馬鈴薯【指將大量休閒時間耗在電腦上的人】；
整天黏在電腦前的人；電腦迷

I'm a mouse potato. = I use computer a lot.
couch〔kaʊtʃ〕*n.* 長沙發

couch potato 成天坐在沙發上看電視的人；極為懶惰的人
I'm not a couch potato. = I don't watch much TV.

mouse potato

couch potato

□ **260.** *My English is bad.*   我的英文不好。

My vocabulary is limited.   我的字彙量有限。

My grammar is awful.   我的文法很糟。

□ **261.** *I'm not stingy.*   我不小氣。

I'm not cheap.   我不會小氣。

I can't take it with me.   我沒辦法把錢帶進棺材裡。

□ **262.** *I'm saving money.*   我正在存錢。

I'm depositing money.   我正在存錢。

I'm banking my money for the future.   我為了未來把錢存在銀行裡。

7.
自我介紹

** ————————

260. vocabulary〔vəˈkæbjəˌlɛrɪ〕*n.* 字彙
     limited〔ˈlɪmɪtɪd〕*adj.* 有限的　　grammar〔ˈgræmɚ〕*n.* 文法
     awful〔ˈɔfḷ〕*adj.* 可怕的；很糟的

261. stingy〔ˈstɪndʒɪ〕*adj.* 吝嗇的；小氣的
     cheap〔tʃip〕*adj.* 便宜的；小氣的
     take sth. with sb. 隨身攜帶某物
     I can't take it with me. 中的 it 是指錢財（money）、身外之物
       （material things）。

262. save〔sev〕*v.* 存（錢）　　deposit〔dɪˈpɑzɪt〕*v.* 存（款）
     bank〔bæŋk〕*v.* 存（款）於銀行　*n.* 銀行
     future〔ˈfjutʃɚ〕*n.* 未來

8. 表達情緒
Expressing Emotions

用手機掃瞄聽錄音

□ **263.** *Wonderful!*　　　　　太棒了！
　　　Fantastic!　　　　　　太棒了！
　　　Fabulous!　　　　　　太棒了！

□ **264.** *Amazing!*　　　　　太棒了！
　　　It's impressive.　　　令人印象深刻。
　　　I'm impressed.　　　我印象深刻。

□ **265.** *How awful!*　　　　真可怕！
　　　That's horrible!　　　那很恐怖！
　　　That's really bad news.　那真是個壞消息。

**————————————

263. wonderful〔ˈwʌndəfəl〕*adj.* 很棒的
　　　fantastic〔fænˈtæstɪk〕*adj.* 很棒的
　　　fabulous〔ˈfæbjələs〕*adj.* 很棒的
264. amazing〔əˈmezɪŋ〕*adj.* 令人驚訝的；很棒的
　　　impressive〔ɪmˈprɛsɪv〕*adj.* 令人印象深刻的
　　　impressed〔ɪmˈprɛst〕*adj.* 印象深刻的；深受感動的
265. how〔haʊ〕*adv.* 多麼地　　awful〔ˈɔfʊl〕*adj.* 可怕的
　　　horrible〔ˈhɔrəbḷ, ˈhɑr-〕*adj.* 恐怖的；可怕的
　　　really〔ˈrɪəlɪ〕*adv.* 真地　　news〔njuz〕*n.* 消息

□ **266.** *I'm sorry.* 　　　　　　　很抱歉。

　　　Forgive me. 　　　　　　　原諒我吧。

　　　Won't happen again. 　　　　這種事不會再發生。

□ **267.** *I doubt it.* 　　　　　　我很懷疑。

　　　I don't believe it. 　　　　　我不相信。

　　　I don't buy it. 　　　　　　我不相信。

□ **268.** *Thanks a heap.* 　　　　非常感謝。

　　　Thanks a million. 　　　　　多謝。

　　　Thanks a bundle. 　　　　　多謝。

□ **269.** *You startled me!* 　　　　你嚇了我一跳！

　　　You frightened me! 　　　　你嚇到我了！

　　　You scared me to death! 　　你把我嚇得半死！

8.
表達
情緒

** ————————————

266. forgive〔fə'gɪv〕*v.* 原諒

　　　Won't happen again. 是由 It won't happen again. 簡化而來。

267. doubt〔daʊt〕*v.* 懷疑　　　believe〔bɪ'liv〕*v.* 相信

　　　buy〔baɪ〕*v.* 相信；接受

268. heap〔hip〕*n.* 一堆　　　million〔'mɪljən〕*n.* 百萬

　　　bundle〔'bʌndḷ〕*n.* 一大堆；一把；一捆

bundle

269. startle〔'stɑrtḷ〕*v.* 使吃驚；使嚇一跳

　　　frighten〔'fraɪtṇ〕*v.* 使驚嚇　　　scare〔skɛr〕*v.* 使驚嚇

　　　scare *sb.* ***to death*** 把某人嚇得半死；使某人害怕得要命

☐ 270. *Incredible!*　　　　　　　眞是令人難以置信！

　　　Unbelievable!　　　　　　眞是令人無法相信！

　　　Hard to believe.　　　　　很難相信。

☐ 271. *What can I say?*　　　　我能說什麼呢？

　　　I'm speechless.　　　　　我說不出話來。

　　　Words fail me.　　　　　　我不知道說什麼才好。

☐ 272. *The best!*　　　　　　　這是最棒的！

　　　Number one!　　　　　　　這是最好的！

　　　Nothing better!　　　　　沒什麼比它更好！

8.
表達情緒

** ─────────────

270. incredible〔ɪnˈkrɛdəbl̩〕*adj.* 令人難以置信的

　　unbelievable〔ˌʌnbəˈlivəbl̩〕*adj.* 令人難以置信的

　　hard〔hɑrd〕*adj.* 困難的

　　Hard to believe. 是由 It's hard to believe. 簡化而來。

271. speechless〔ˈspitʃlɪs〕*adj.*（因激動而）說不出話的

　　words〔wɝdz〕*n. pl.* 言語；話

　　fail〔fel〕*v.*（緊要關頭時）對（某人）派不上用場；使（某人）失望

　　Words fail me.（尤指對於剛見到或剛被告知的事）我驚訝得說不
　　　出話來；我不知道說什麼才好。

272. *The best!* 是由 It's the best! 簡化而來。

　　Number one! 是由 It's number one! 簡化而來。

　　number one 第一的；一流的；最好的

　　Nothing better! 是由 There is nothing better! 簡化而來。

□ 273. ***I'm thrilled.*** 　　　　　　我很興奮。

I'm delighted. 　　　　　　我很高興。

I'm jumping for joy. 　　　我高興得跳起來。

□ 274. ***My God!*** 　　　　　　　我的天啊！

Oh, man! 　　　　　　　　喔，天啊！

Holy cow! 　　　　　　　　天啊！

□ 275. ***This is boring.*** 　　　　這很無聊。

I'm bored. 　　　　　　　　我覺得無聊。

I'm taking off. 　　　　　　我要走了。

** ────────────────────

273. thrill〔θrɪl〕*v.* 使興奮；使激動　　delight〔dɪˈlaɪt〕*v.* 使高興

thrill, delight 和 interest 一樣，都是屬於情緒動詞，人做主詞，
　　要用被動。

jump〔dʒʌmp〕*v.* 跳　　joy〔dʒɔɪ〕*n.* 快樂；高興

jump for joy 高興得跳起來；歡呼雀躍；非常高興

274. God〔gɑd〕*n.* 上帝　　oh〔o〕*interj.* 喔

man〔mæn〕*n.* 男人　*interj.* 哎呀；天啊

holy〔ˈholɪ〕*adj.* 神聖的　　cow〔kaʊ〕*n.* 母牛

Holy cow! 天啊！

COW

275. boring〔ˈborɪŋ, ˈbɔr-〕*adj.* 無聊的

bored〔bord, bɔrd〕*adj.* 感到無聊的；厭倦的

take off ①脫掉　②起飛　③拿開；除去（蓋子等）　④離開；走掉

□ 276. **I'm angry**. | 我很生氣。
I'm upset. | 我很不高興。
I'm mad as hell. | 我氣得要命。

□ 277. **I'm psyched**. | 我很興奮。
I'm very excited. | 我非常興奮。
I'm all fired up. | 我非常興奮。

□ 278. **It was embarrassing**. | 眞難爲情。
I was embarrassed. | 我覺得很尷尬。
My face turned beet red. | 我滿臉通紅。

8.
表達情緒

** —————————

276. angry〔'æŋgrɪ〕adj. 生氣的　　upset〔ʌp'sɛt〕adj. 不高興的
mad〔mæd〕adj. 瘋狂的；憤怒的；生氣的　　hell〔hɛl〕n. 地獄
as hell 很；非常；要命【用於強調壞事或令人不快的事】

277. psyched〔saɪkt〕adj. 極度興奮的
excited〔ɪk'saɪtɪd〕adj. 興奮的
fire up 使熱情高漲；使非常興奮　　***be all fired up*** 非常興奮

278. embarrassing〔ɪm'bærəsɪŋ〕adj. 令人尷尬的
embarrassed〔ɪm'bærəst〕adj. 覺得尷尬的
turn〔tɝn〕v. 變成；變得
beet〔bit〕n. 甜菜根
beet red 像紅甜菜根般紅的
turn beet red 滿臉通紅【也可只説 turn red】

beet

☐ **279.** *I'm so happy.* 　　　　　　我很高興。

　　　I'm overjoyed. 　　　　　　我非常高興。

　　　I could jump for joy. 　　　　我可以高興得跳起來。

☐ **280.** *What a great day!* 　　　　　多麼美好的一天！

　　　It's wonderful to be 　　　　能活著真是太棒了！
　　　　alive!

　　　I thank my lucky stars! 　　　我很慶幸運氣很好！

☐ **281.** *Get with it!* 　　　　　　　快點！

　　　Get a move on! 　　　　　　趕快！

　　　Get cracking! 　　　　　　　趕快！

** ─────────────────

279. so〔so〕*adv.* 非常
　　overjoyed〔‚ovɚˈdʒɔɪd〕*adj.* 狂喜的；極度高興的；欣喜若狂的
　　jump〔dʒʌmp〕*v.* 跳　　joy〔dʒɔɪ〕*n.* 快樂；高興
　　jump for joy 欣喜雀躍；高興得跳起來

280. great〔gret〕*adj.* 極好的；很棒的
　　wonderful〔ˈwʌndɚfəl〕*adj.* 很棒的
　　alive〔əˈlaɪv〕*adj.* 活著的　　lucky〔ˈlʌkɪ〕*adj.* 幸運的
　　thank *one's* ***lucky stars*** 慶幸運氣好；慶幸自己福星高照
　　　(= *be very grateful for something*)

281. ***get with it*** 活躍起來；繁忙起來；快點　　move〔muv〕*n.* 移動
　　get a move on 趕快；開始行動　　crack〔kræk〕*v.* 啪地破裂
　　get cracking 趕快；迅速展開（工作）

□ 282. ***Don't be nervous.***　　　不要緊張。
　　　　Don't get tense.　　　　　不要緊張。
　　　　Don't get ants in your　　不要坐立不安。
　　　　　pants.

□ 283. ***It's hard to believe.***　　　很難相信。
　　　　It's too good to be true.　這太好了，不可能是真的。
　　　　I'll believe it when I　　我要看到才會相信。
　　　　　see it.

□ 284. ***Do you believe that?***　　你相信那件事嗎？
　　　　I'm skeptical.　　　　　　我很懷疑。
　　　　I'd take that with a　　　我會對那件事持保留態度。
　　　　　grain of salt.

8.
表達情緒

＊＊────────────

282. nervous〔'nɝvəs〕*adj.* 緊張的　　get〔gɛt〕*v.* 得到；變得
　　 tense〔tɛns〕*adj.* 緊張的　　ant〔ænt〕*n.* 螞蟻
　　 pants〔pænts〕*n. pl.* 長褲　　***ants in*** *one's* ***pants*** 坐立不安
　　 get/have ants in *one's* ***pants*** 「坐立不安」，褲子裡有螞蟻，
　　　　當然是坐立難安，如坐針氈。

283. hard〔hɑrd〕*adj.* 困難的　　***too…to*** 太…以致於不

284. skeptical〔'skɛptɪkḷ〕*adj.* 懷疑的
　　 grain〔gren〕*n.* 一粒　　salt〔sɔlt〕*n.* 鹽
　　 take…with a grain of salt 對…持保留態度；對…有所懷疑

☐ **285.** *I'm sad.* | 我很傷心。
　　I feel bad. | 我覺得難過。
　　I'm unhappy about it. | 這件事我覺得很難過。

☐ **286.** *Get off my back.* | 別再指責我。
　　Get off my case. | 別再批評我。
　　Stop telling me what | 不要再告訴我該做什麼。
　　　to do.

** ——————————

285. sad〔sæd〕*adj.* 悲傷的　　bad〔bæd〕*adj.* 難過的
unhappy〔ʌnˈhæpɪ〕*adj.* 感到難過的
任何人只要說你發音不標準，你回答這三句話，會把他嚇死，
你有正統的美國標準發音，有紐約腔調，因為中文裡沒有 /æ/
和 /m/ 的音。一般中國人會把 /æ/ 讀成 /ɛ/，把 /m/ 讀成 /n/，
其實只要碰到 /æ/ 時，嘴巴裂開，碰到 /m/ 時，嘴巴閉上即可。

/ɛ/，中國人不會唸錯。

/æ/，中文無此音，
嘴巴裂開張大即可。

286. *get off* 離開
get off my back ①別再指責我 ②別再煩我 ③別再指使我
case〔kes〕*n.* 情況；個案　　*get off one's case* 停止批評某人
stop + *V-ing* 停止…

□ **287.** ***I'm amazed.*** | 我很驚訝。
I'm speechless. | 我驚訝得說不出話來。
I'm flabbergasted. | 我大吃一驚。

□ **288.** ***It was a shock.*** | 它令人震驚。
It was a surprise. | 它令人驚訝。
I never expected it. | 我完全沒想到會這樣。

□ **289.** ***It's a perfect day.*** | 今天天氣很晴朗。
The sky is crystal clear. | 天空晴朗無雲。
Who could ask for | 夫復何求？
anything more?

8.
表達情緒

** ——————

287. amaze〔ə'mez〕v. 使驚訝
speechless〔'spitʃlɪs〕adj. 目瞪口呆的；驚訝得說不出話來的
flabbergast〔'flæbɚ,gæst〕v. 使大吃一驚
288. shock〔ʃɑk〕n. 震驚；引起震驚的事件
surprise〔sə'praɪz〕n. 驚訝；令人驚訝的事
expect〔ɪk'spɛkt〕v. 預期；期待
289. perfect〔'pɝfɪkt〕adj. 完美的　***perfect day*** 晴朗的一天
sky〔skaɪ〕n. 天空　　crystal〔'krɪstl̩〕n. 水晶
clear〔klɪr〕adj. 明亮的；(天空)晴朗的；無雲的
crystal clear 水晶般清澈的；非常清楚的　　***ask for*** 要求
Who could ask for anything more?「誰能要求更多？」也就是
一切已經很完美了，「夫復何求？」

☐ **290.** *It frightened me*.
It shocked me.
It made my hair stand
　on end.

它嚇到我了。
它使我震驚。
它使我毛骨悚然。

make one's hair
stand on end

【碰到恐怖的事情，你就可以說這三句話】

☐ **291.** *It's so noisy*.
It's so loud.
I can't hear myself
　think.

很吵。
很大聲。
我被吵得無法集中注意力。

【在嘈雜的地方，你可以說這三句話】

☐ **292.** *I'm indebted*.
I'm in your debt.
Much appreciated.

我很感激。
我很感激你。
非常感激。

8.
表達情緒

＊＊────────

290. frighten〔'fraɪtn̩〕v. 使驚嚇　　shock〔ʃɑk〕v. 使震驚
hair〔hɛr〕n. 毛髮　　end〔ɛnd〕n. 末端　　***on end*** 豎著
make** one's **hair stand on end 使某人毛骨悚然；令某人非常害怕
291. noisy〔'nɔɪzɪ〕adj. 吵鬧的　　loud〔laʊd〕adj. 大聲的
can't hear** oneself **think （由於太吵）無法集中注意力（＝ *can't
give one's attention to anything because there is so much noise*）
292. indebted〔ɪn'dɛtɪd〕adj. 感激的　　debt〔dɛt〕n. 債務
in** one's **debt 欠某人的錢；受某人的恩惠
appreciated〔ə'priʃɪˌetɪd〕adj. 感激的

□ 293. *I'm very disappointed.*　　　　我非常失望。
　　　　That's bad news.　　　　　　那是個壞消息。
　　　　It hurts to hear that.　　　　聽到那件事很令人傷心。

□ 294. *You stood me up.*　　　　　你放我鴿子。
　　　　You didn't show up.　　　　　你沒出現。
　　　　Please don't do it again.　　　請不要再這麼做了。

□ 295. *Hot weather drives me*
　　　　crazy.　　　　　　　　　　炎熱的天氣使我發瘋。
　　　　Summer heat drives me
　　　　nuts.　　　　　　　　　　　夏天的熱使我發狂。
　　　　The humidity drives me
　　　　up the wall.　　　　　　　　濕氣使我憤怒。

【天氣熱到令人發飆嗎？就說這三句話】

** ─────────────

293. disappointed〔͵dɪsə'pɔɪntɪd〕*adj.* 失望的
　　hurt〔hɝt〕*v.* 傷害；令人傷心
294. *stand sb. up* 放某人鴿子；失約　　　*show up* 出現
295. drive〔draɪv〕*v.* 驅使　　　crazy〔'krezɪ〕*adj.* 瘋狂的（= *nuts*）
　　drive sb. crazy 使某人發瘋　　　heat〔hit〕*n.* 熱
　　nuts〔nʌts〕*adj.* 發瘋的；發狂的　　*drive sb. nuts* 使某人發瘋
　　humidity〔hju'mɪdətɪ〕*n.* 濕氣　　　*up the wall* 憤怒的
　　drive sb. up the wall 使某人大發雷霆；使某人不知所措【不可說
　　成 *drive sb. up to the wall*（誤）】

□ 296. ***I'm suspicious.***　　　　　我很懷疑。

I smell a rat.　　　　　　我覺得可疑。

It doesn't feel right.　　　我覺得不太對勁。

□ 297. ***It's strange.***　　　　　　眞奇怪。

Very weird.　　　　　　　非常怪異。

So unusual.　　　　　　　很不尋常。

【覺得事情不太對勁，可說上面六句話】

□ 298. ***I'm really sorry.***　　　　我眞的很抱歉。

I'm extremely sorry.　　　我非常抱歉。

I apologize from the　　　我衷心地向你道歉。
　　bottom of my heart.

**───────────

296. suspicious 〔 səˋspɪʃəs 〕 *adj.* 懷疑的

smell 〔 smɛl 〕 *v.* 聞到　　rat 〔 ræt 〕 *n.* 老鼠

smell a rat 覺得可疑；感到事情不對勁

feel 〔 fil 〕 *v.* 使人感覺　　right 〔 raɪt 〕 *adj.* 正確的；正常的

smell a rat

297. strange 〔 strendʒ 〕 *adj.* 奇怪的　　weird 〔 wɪrd 〕 *adj.* 怪異的

Very weird. 是由 It's very weird. 簡化而來。

unusual 〔 ʌnˋjuʒuəl 〕 *adj.* 不尋常的

So unusual. 是由 It's so unusual. 簡化而來。

298. extremely 〔 ɪkˋstrimlɪ 〕 *adv.* 非常地 (= *very*)

apologize 〔 əˋpɑləˏdʒaɪz 〕 *v.* 道歉　　bottom 〔ˋbɑtəm 〕 *n.* 底部

from the bottom of one's *heart* 衷心地

□ 299. **I'll do my best.**　　　我會盡力。

I'll give my all.　　　我會盡全力。

I'll give one hundred　　我會盡全力。
　　percent.

□ 300. **It's my fault.**　　　是我的錯。

My mistake.　　　我的錯誤。

I take the blame.　　　我要承擔責任。

□ 301. **You surprise me.**　　　你讓我很驚訝。

I don't understand you.　　我不了解你。

I can't figure you out.　　我無法了解你。

8.
表達情緒

** ——————

299. *do one's best* 盡力

give one's all 盡全力 (= *give it one's all*)

percent〔pə'sɛnt〕n. 百分之…

give one hundred percent 盡全力

300. fault〔fɔlt〕n. 過錯　　mistake〔mə'stek〕n. 錯誤

take〔tek〕v. 承擔　　blame〔blem〕v. 責備　n. 責任

take the blame 承擔責任

301. surprise〔sə'praɪz〕v. 使驚訝

You surprise me. 也可說成：Sometimes your actions surprise
　me. (有時候你的行為讓我吃驚。)

figure out 想出；了解

□ 302. *I'm thankful*.　　　　　　我很感謝。

I'm grateful.　　　　　我很感謝。

Much obliged.　　　　非常感激。

□ 303. *I can't stand it*.　　　　我無法忍受。

I can't take it.　　　　我無法忍受。

I'm fed up.　　　　　我受夠了。

□ 304. *Beat it!*　　　　　　　滾開！

Get lost!　　　　　　滾開！

Go fly a kite!　　　　滾開！

＊＊————————

302. thankful〔ˈθæŋkfəl〕*adj.* 感謝的

grateful〔ˈgretfəl〕*adj.* 感激的

obliged〔əˈblaɪdʒd〕*adj.* 感激的

Much obliged. 源自 I'm much obliged. 不可說成：*Very obliged.*【誤】

303. stand〔stænd〕*v.* 忍受（= *bear* = *endure* = *put up with*）

take〔tek〕*v.* 忍受

fed up 感到厭煩的；煩透了；受夠了

I'm fed up. 也可說成：*I'm fed up with it.*

304. beat〔bit〕*v.* 打　***beat it*** 滾開

lost〔lɔst〕*adj.* 消失的　***get lost*** 滾開

fly〔flaɪ〕*v.* 放（風箏）　kite〔kaɪt〕*n.* 風箏

fly a kite 放風箏　***go fly a kite*** 滾開

□ **305.** *It's annoying.*   它很令人心煩。

    It's disturbing.   它很令人困擾。

    It's driving me nuts.   它快使我發瘋。

□ **306.** *I'm nervous.*   我很緊張。

    I feel a bit shaky.   我覺得有點發抖。

    I have butterflies.   我感到緊張。

□ **307.** *Amazing!*   太棒了！

    Incredible!   真是令人難以置信！

    Unbelievable!   真是令人無法相信！

8.
表達情緒

**────────────────

305. annoying〔ə'nɔɪɪŋ〕*adj.* 令人心煩的
　　disturbing〔dɪ'stɝbɪŋ〕*adj.* 令人不安的
　　drive〔draɪv〕*v.* 驅使　　nuts〔nʌts〕*adj.* 發瘋的
　　It's driving me nuts. 也可說成：It's driving me crazy.

306. nervous〔'nɝvəs〕*adj.* 緊張的　　***a bit*** 有一點
　　shaky〔'ʃekɪ〕*adj.* 發抖的；搖晃的
　　butterfly〔'bʌtɚ͵flaɪ〕*n.* 蝴蝶
　　have butterflies (*in one's stomach*) 感到緊張
　　【have 也可用 get 或 feel 代替】

butterflies in
one's stomach

307. amazing〔ə'mezɪŋ〕*adj.* 驚人的；很棒的
　　incredible〔ɪn'krɛdəbḷ〕*adj.* 令人難以置信的
　　unbelievable〔͵ʌnbə'livəbḷ〕*adj.* 令人無法相信的

☐ 308. *I got it wrong*.　　　　　　我誤會了。

I was mistaken.　　　　　　我弄錯了。

I stand corrected.　　　　　我認錯。

☐ 309. *I can't wait*.　　　　　　　我等不及了。

I'm looking forward　　　　我很期待。
to it.

I'm counting down　　　　　我一直在對剩下的日子倒
the days.　　　　　　　　數計時。

☐ 310. *Thank you for*　　　　　　謝謝您的一切。
everything.

You have done so　　　　　您已經做了很多。
much.

We are lucky to have　　　　有您我們很幸運。
you.

** ─────────────────────

308. *get it wrong* 誤解

mistaken〔mə'stekən〕*adj.* 弄錯的；誤解的

stand corrected 承認有錯；接受他人的批評指正

309. wait〔wet〕*v.* 等　　*look forward to* 期待

count〔kaʊnt〕*v.* 數　　*count down* 對…倒數計時

310. *thank sb. for sth.* 感謝某人某事　　*so much* 很多

lucky〔'lʌkɪ〕*adj.* 幸運的

9. 表達看法
Expressing Opinions

用手機掃瞄聽錄音

□ 311. *I agree.* | 我同意。
I'm with you. | 我支持你。
I feel the same. | 我有同感。

□ 312. *You have no choice.* | 你沒有選擇。
You must do it. | 你必須要做。
There is no other way. | 沒有別的方法。

□ 313. *You made a good point.* | 你說得很對。
You talked me into it. | 你說服我了。
I'll take your advice. | 我會接受你的建議。

**9.
表
達
看
法**

** ————————————

311. agree〔ə'gri〕v. 同意　　with〔wɪð, wɪθ〕prep. 贊成;支持
312. choice〔tʃɔɪs〕n. 選擇　　other〔'ʌðɚ〕adj. 其他的
way〔we〕n. 方法
313. *make a point* 表明看法;證明論點
make a good point 說得很對
talk sb. into sth. 說服某人(去做某事)
advice〔əd'vaɪs〕n. 勸告;建議
take one's advice 聽從某人的勸告;接受某人的建議

□ 314. **I forgot.** | 我忘了。
I don't remember. | 我不記得。
It slipped my mind. | 我忘記了。

□ 315. **I see.** | 我明白。
I know. | 我知道。
I understand. | 我了解。

□ 316. **I'm behind you.** | 我支持你。
I support you. | 我支持你。
I stand by you. | 我支持你。

□ 317. **That sounds great.** | 那聽起來很棒。
I love to hear that. | 我很喜歡聽到那個。
That's music to my ears. | 那真是悅耳。

**

314. forget〔fɚˋgɛt〕v. 忘記　　slip〔slɪp〕v. 滑；溜走
slip one's **mind** 被某人忘記（= slip one's memory）
315. see〔si〕v. 理解；知道　　understand〔͵ʌndɚˋstænd〕v. 了解
316. behind〔bɪˋhaɪnd〕prep. 在⋯後面；支持
support〔səˋport〕v. 支持　　**stand by** 幫助；援助；支持
317. sound〔saʊnd〕v. 聽起來　　great〔gret〕adj. 很棒的
love〔lʌv〕v. 愛；很喜歡　　music〔ˋmjuzɪk〕n. 音樂
be music to one's **ears** 令某人感覺悅耳

☐ **318.** *Everyone knows*.　　　　　大家都知道。
　　　It's an open secret.　　　　它是個公開的祕密。
　　　It's all over town.　　　　　人盡皆知。

☐ **319.** *It's tough*.　　　　　　　這很困難。
　　　It's difficult.　　　　　　　這很困難。
　　　Not easy.　　　　　　　　　並不容易。

☐ **320.** *I can't argue with that*.　　我同意。
　　　We are of the same mind.　　我們想法相同。
　　　I feel the same way you　　我的感覺和你一樣。
　　　　do.

＊＊────────────

318. open〔'opən〕*adj.* 公開的　　secret〔'sikrɪt〕*n.* 祕密
　　all over 遍及　　town〔taʊn〕*n.* 城鎮
　　It's all over town.（人盡皆知。）也可說成：It is a well-known
　　　fact.（這是個眾所周知的事實。）
319. tough〔tʌf〕*adj.* 困難的　　difficult〔'dɪfə,kʌlt〕*adj.* 困難的
　　Not easy. 源自 It's not easy.
320. argue〔'ɑrgjʊ〕*v.* 爭論
　　I can't argue with that.「我不能跟你爭論那一點。」也就是
　　　「我不能不同意你那一點。」也就是「你是對的；我同意。」
　　mind〔maɪnd〕*n.* 想法
　　be of the same mind 意見一致；想法相同
　　way〔we〕*n.* 樣子　　*feel the same way* 有同感

□ 321. ***You 're right.***　你是對的。

　　You got it.　你是對的。

　　You're correct.　你是正確的。

□ 322. ***I know it.***　我知道。

　　I can read your mind.　我知道你心裡在想什麼。

　　I comprehend the situation.　我了解情況。

□ 323. ***It's about the same.***　差不多一樣。

　　Almost identical.　幾乎完全相同。

　　Almost no difference.　幾乎沒有差別。

**————————————

321. right〔raɪt〕*adj.* 對的

You got it. 沒問題；你得到它了；你說對了；我馬上照辦。

correct〔kəˋrɛkt〕*adj.* 正確的

322. ***read one's mind*** 猜透某人的心事

comprehend〔͵kɑmprɪˋhɛnd〕*v.* 充分了解

situation〔͵sɪtʃʊˋeʃən〕*n.* 情況

323. about〔əˋbaʊt〕*adv.* 差不多　　same〔sem〕*adj.* 相同的

almost〔ˋɔl͵most〕*adv.* 幾乎

identical〔aɪˋdɛntɪkl̩〕*adj.* 完全相同的

Almost identical. 源自 It's almost identical.

difference〔ˋdɪfərəns〕*n.* 不同

Almost no difference. 源自 There is almost no difference.

□ 324. ***It's minor.***　　　　　　　　　這不重要。
　　　　It's not a big deal.　　　　　這沒什麼大不了的。
　　　　It's a little thing.　　　　　　這只是小事。

□ 325. ***Great idea!***　　　　　　　　好主意！
　　　　I like that!　　　　　　　　我喜歡！
　　　　The wheels are turning.　　　開始有進展了。

□ 326. ***We're on the right road.***　　我們在正確的道路上。
　　　　We're heading the right　　　我們正朝著正確的方向前
　　　　　way.　　　　　　　　　　進。
　　　　We're going in the right　　我們正朝著正確的方向前
　　　　　direction.　　　　　　　　進。

**────

324. minor〔'maɪnɚ〕*adj.* 較不重要的　　　deal〔dil〕*n.* 交易
　　a big deal 了不起的事　　　little〔'lɪtḷ〕*adj.* 小的；微不足道的
325. great〔gret〕*adj.* 很棒的　　　idea〔aɪ'diə〕*n.* 點子；想法
　　wheel〔hwil〕*n.* 輪子　　　turn〔tɝn〕*v.* 轉動
　　The wheels are turning. 事情開始有進展了。
　　　(= *Things have begun developing, unfolding, or progressing.*)
326. road〔rod〕*n.* 道路　　　***on the right road*** 在正確的道路上
　　head〔hɛd〕*v.* 朝…前進　　　way〔we〕*n.* 道路；方向
　　direction〔də'rɛkʃən〕*n.* 方向
　　in the right direction 朝正確的方向

☐ 327. ***You and I are similar.*** 你和我很相似。
We have a lot in 我們有很多共同點。
　　common.
We are a lot alike. 我們很像。

☐ 328. ***Everything is fine.*** 一切都很好。
Just about perfect. 近乎完美。
No complaints. 沒什麼好抱怨的。

☐ 329. ***I'm used to it.*** 我習慣了。
I'm accustomed to it. 我習慣了。
I've grown familiar 我已經對它很熟悉了。
　　with it.

＊＊ ────────────────

327. similar〔'sɪmələ〕*adj.* 相似的；類似的
in common 相同；相似　　***a lot*** 很；非常；很多（＝*much*）
have…in common 有…共同點　　alike〔ə'laɪk〕*adj.* 相像的
328. fine〔faɪn〕*adj.* 好的　　***just about*** 幾乎（＝*almost*）
perfect〔'pɝfɪkt〕*adj.* 完美的
complaint〔kəm'plent〕*n.* 抱怨
No complaints. 源自 I have no complaints.（我沒什麼好抱怨的。）
329. ***be used to*** 習慣於　　***be accustomed to*** 習慣於
grow〔gro〕*v.* 變得　　familiar〔fə'mɪljə〕*adj.* 熟悉的
be familiar with 對…很熟悉

□ **330.** *That's the way it is.* 　情況就是這樣。
　　　It is what it is. 　事情就是這樣。
　　　There is no avoiding 　不可能避免。
　　　　it.

□ **331.** *It's the truth!* 　這是事實！
　　　It's the whole truth! 　這是完整的事實！
　　　Nothing but the truth! 　這是絕不摻假的事實！

□ **332.** *We are healthy.* 　我們很健康。
　　　We have a good life. 　我們有很好的生活。
　　　We should be grateful. 　我們應該心存感激。

** ————————

330. way〔we〕*n.* 樣子
It is what it is. 是指「情勢、事情無法改變，只好接受。」也就
　是「事情就是這樣，不然又能怎樣。」
There is no + V-ing …是不可能的（= *It is impossible to V.*）
avoid〔ə'vɔɪd〕*v.* 避免

331. truth〔truθ〕*n.* 事實；實話
whole〔hol〕*adj.* 全部的；整個的；完整的
nothing but 只是（= *only*）
這三句話源自法院證人的宣誓詞："I will tell the truth, the
　whole truth, and nothing but the truth."

332. healthy〔'hɛlθɪ〕*adj.* 健康的
grateful〔'gretfəl〕*adj.* 感激的（= *thankful*）

□ 333. *I get the picture*.　　　　我明白。

I catch your drift.　　　　我了解你的意思。

I'm on the same page　　　我們的想法相同。
　　as you.

□ 334. *Beats me*.　　　　　　我不知道。

I have no clue.　　　　　我不知道。

I haven't the slightest　　　我不知道。
　　idea.

** ────────────

333. *get the picture* 了解情況

catch〔kætʃ〕*v.* 抓住；了解

drift〔drɪft〕*n.* 漂流（物）；主旨；大意

I catch your drift. 我了解你的意思。
　　(= *I know what you mean.*)

page〔pedʒ〕*n.* 頁

on the same page

on the same page「在同一頁上」，就是「想法一樣」。

I'm on the same page as you. = I'm thinking the same way
　　you are. = Our thinking is the same.

334. beat〔bit〕*v.* 打敗；使難倒

Beats me. 源自 It beats me. 或 That beats me.

clue〔klu〕*n.* 線索

have no clue 毫無頭緒；完全不知道 (= *have no idea*)

slight〔slaɪt〕*adj.* 輕微的　　*not the slightest* 一點也沒有

idea〔aɪ'dɪə〕*n.* 想法

Beats me. = I have no clue. = I have no idea.

□ 335. *I'm not sure*. | 我不確定。
I'm undecided. | 我尚未決定。
I'm still thinking about | 我還在考慮。
    it.

□ 336. *You've convinced me*. | 你說服我了。
You've persuaded me. | 你說服我了。
You've changed my | 你改變了我的心意。
    mind.

□ 337. *It's duck soup*. | 很容易。
It's as easy as pie. | 很容易。
It's a piece of cake. | 輕而易舉。
【形容事情很簡單，可以這麼說】

9.
表達看法

**————————————

335. undecided〔ˌʌndɪˈsaɪdɪd〕*adj.* 尚未決定的　　*think about* 考慮
336. convince〔kənˈvɪns〕*v.* 使相信；說服
persuade〔pɚˈswed〕*v.* 說服
change one's mind 改變某人的心意
337. duck〔dʌk〕*n.* 鴨子　　soup〔sup〕*n.* 湯
duck soup 輕而易舉的事【源自早期英國五月花號移民美國，因為
鴨子比火雞和鵝都好養，鴨子最多，所以當時他們做飯時，煮鴨湯
最簡單】　　pie〔paɪ〕*n.* 派
(as) easy as pie 很容易　　piece〔pis〕*n.* 一片；一塊
cake〔kek〕*n.* 蛋糕　　*a piece of cake* 輕鬆的事

□ **338.** ***Not too bad.***   不會太差。

　　　 Not too good.   不會太好。

　　　 It's so-so.   馬馬虎虎。

　　　【當別人問你：How do you like it?（你喜不喜歡？）你可以說
　　　 這三句話】

□ **339.** ***It's your fate.***   這是你的命運。

　　　 It's your destiny.   這是你的命運。

　　　 It was meant to be.   這是命中注定的。

□ **340.** ***I have your number.***   我看清你的眞面目。

　　　 I know the real you.   我知道眞實的你。

　　　 I know you inside and   我對你瞭如指掌。
　　　　　 out.

**────────────────────

338. ***Not too bad.*** 源自 It's not too bad.

　　Not too good. 源自 It's not too good.

　　so-so〔'so‚so〕*adj.* 馬馬虎虎；還好；一般的；還過得去的

339. fate〔fet〕*n.* 命運　　destiny〔'dɛstənɪ〕*n.* 命運

　　mean〔min〕*v.* 預定；注定

　　be meant to be 注定的【例如：I was meant to be a teacher.

　　　（我注定是個老師。）】

340. number〔'nʌmbɚ〕*n.* 數字；電話號碼

　　have one's ***number*** 看清某人的眞面目

　　real〔'riəl〕*adj.* 眞實的　　***inside and out*** 裡裡外外；徹底地

□ **341.** ***They're very similar***.　　　它們很相似。

Much alike.　　　　　　非常像。

About the same.　　　　幾乎一樣。

□ **342.** ***We are friendly***.　　　　我們很友善。

We are happy-go-lucky.　我們很逍遙自在。

We like to have fun.　　我們喜歡玩得開心。

□ **343.** ***I'm stuck here***.　　　　我被困在這裡。

No way out.　　　　　　沒有出路。

I'm between a rock and　我陷入兩難的境地。
　a hard place.

** ——————

341. similar〔ˋsɪmələ〕*adj.* 相似的　　much〔mʌtʃ〕*adv.* 非常
alike〔əˋlaɪk〕*adj.* 相像的　　about〔əˋbaʊt〕*adv.* 幾乎；差不多
same〔sem〕*adj.* 相同的

342. friendly〔ˋfrɛndlɪ〕*adj.* 友善的
happy-go-lucky〔ˋhæpɪˏgoˋlʌkɪ〕*adj.* 逍遙自在的；隨遇而安的
have fun 玩得愉快 (= *have a good time* = *enjoy oneself*)

343. stuck〔stʌk〕*adj.* 被困住的　　***way out*** 出口；出路；解決之道
No way out. 源自 There is no way out.
rock〔rɑk〕*n.* 岩石　　hard〔hɑrd〕*adj.* 硬的
be between a rock and a hard place 陷入兩難的境地
　(= *be in a very difficult position* ; *be facing a hard decision*)

□ 344. ***No hard feelings.***   別放在心上。

No big deal.   沒什麼大不了的。

We're still friends.   我們仍然是朋友。

【爭吵或不和之後，可以説這三句話】

□ 345. ***I have no choice.***   我沒有選擇。

Nothing I can do.   沒什麼我可以做的。

My hands are tied.   我無能爲力。

□ 346. ***I don't understand.***   我不懂。

I don't get it.   我不了解。

I don't follow you.   我聽不懂你說的話。

**————————

344. hard〔hɑrd〕*adj.* 激烈的；無情的；殘酷的

feelings〔'filɪŋz〕*n. pl.* 感情

no hard feelings （用於爭吵或不和後）沒有嫌隙；沒有惡感；
別放在心上；不要見怪（我沒有惡意）

deal〔dil〕*n.* 協議；交易　　***big deal*** 大事

still〔stɪl〕*adv.* 仍然

345. choice〔tʃɔɪs〕*n.* 選擇

Nothing I can do. 源自 There's nothing
I can do.   tie〔taɪ〕*v.* 綁

My hands are tied. 字面的意思是「我的手被綁住了。」可引申
爲：①我很忙。②我的權力有限；我無能爲力。

346. understand〔ˌʌndɚ'stænd〕*v.* 懂；了解

get〔gɛt〕*v.* 了解；明白；懂　　follow〔'fɑlo〕*v.* 聽得懂；了解

My hands are tied.

□ 347. ***I'm good.*** | 不用，沒關係。
I'm fine. | 不用，沒關係。
I can handle it. | 我可以自己處理。

【有人問你 "Need some help?"（需要幫忙嗎？），你就可以回答這三句話】

□ 348. ***Are you sure?*** | 你確定嗎？
Are you certain? | 你確定嗎？
Are you positive? | 你確定嗎？

□ 349. ***Life is a journey.*** | 人生是個旅程。
Appreciate each day. | 要珍惜每一天。
Be grateful for | 要對一切心存感激。
everything.

** ——————————————————

347. ***I'm good.*** 字面的意思是「我很好。」其實是想要表達由於滿足於現狀，因此回絕邀約，作「不用了，沒關係。」解。(= *I'm fine.*) 　 handle〔'hændl〕*v.* 處理

348. sure〔ʃur〕*adj.* 確定的
certain〔'sɝtn̩〕*adj.* 確信的；確定的
positive〔'pɑzətɪv〕*adj.* 肯定的；確信的

349. journey〔'dʒɝnɪ〕*n.* 旅程
appreciate〔ə'priʃɪ‚et〕*v.* 欣賞；重視；珍視；感激
grateful〔'gretfəl〕*adj.* 感激的

□ 350. ***Both are OK***.　　　　　　　兩個都可以。

　　　Either will do.　　　　　　兩個都可以。

　　　Either one is good.　　　　兩個都很好。

□ 351. ***We can't avoid it***.　　　　我們無法避免這件事。

　　　It's going to happen.　　　它將會發生。

　　　I can see the writing　　我可以察覺災難的徵兆。
　　　　on the wall.

□ 352. ***This hits the spot***.　　　這正合我意。

　　　Just what I wanted.　　　它正是我想要的。

　　　Just what I like.　　　　它正是我喜歡的。

　　【看到你喜歡的東西，你就可以説這三句話】

** ─────────────

350. either〔ˈiðə〕*pron.* 兩者任一

　　adj. 兩者之一的　　do〔du〕*v.* 可以

the writing on the wall

351. avoid〔əˈvɔɪd〕*v.* 避免　　happen〔ˈhæpən〕*v.* 發生

　　writing〔ˈraɪtɪŋ〕*n.* 筆跡；著作；作品

　　can see the writing on the wall 察覺災難的徵兆【出自「舊約
　　聖經」】(= *can see the handwriting on the wall*)

352. hit〔hɪt〕*v.* 打中　　spot〔spɑt〕*n.* 點

　　hit the spot 正是想要（或需要）的；切合需要

　　just〔dʒʌst〕*adv.* 正是

　　Just what I wanted. 是由 It's just what I wanted. 簡化而來。

　　Just what I like. 是由 It's just what I like. 簡化而來。

□ 353. *Fun and funny have
  different meanings*.
  "Fun" means having a
  good time.
  "Funny" means
  something is
  humorous.

fun 和 funny 有不同的意
思。
fun 是指玩得愉快。

funny 的意思是某件事很
幽默好笑。

□ 354. *Of course*.
  Absolutely.
  For sure.

當然。
當然。
那是確定的。

□ 355. *Life is a dream*.
  You can try everything.
  You can do anything.

人生是場夢。
你可以嘗試每件事。
你可以做任何事。

9.
表達看法

** ───────────

353. fun〔fʌn〕*n.* 樂趣　*adj.* 有趣的　　funny〔'fʌnɪ〕*adj.* 好笑的
meaning〔'minɪŋ〕*n.* 意思；意義　　mean〔min〕*v.* 意思是
have a good time 玩得愉快
humorous〔'hjumərəs〕*adj.* 幽默的；好笑的
354. *of course* 當然　　absolutely〔'æbsə,lutlɪ〕*adv.* 確定地；當然
for sure 確定地；當然的　　*For sure.* 源自 That's for sure.
355. dream〔drim〕*n.* 夢　　try〔traɪ〕*v.* 嘗試

□ 356. *Life has its ups and downs*.　　人生起起伏伏。

Appreciate the little things.　　要珍惜微小的事物。

Never take anything for granted.　　絕不要把任何事物視為理所當然。

□ 357. *Things are looking up*.　　情況越來越好。

Things are getting better.　　情況越來越好。

We can see the light at the end of the tunnel.　　我們可以看到光明的未來。

**

356. *ups and downs*；起伏；盛衰
appreciate〔ə'priʃɪ‚et〕*v.* 欣賞；重視；珍視；感激
never〔'nɛvɚ〕*adv.* 絕不
take sth. for granted 把某事視為理所當然

357. things〔θɪŋz〕*n. pl.* 情況；形勢　*look up* 好轉
Things are looking up. 用現在進行式，表示「越來越；逐漸」。
light〔laɪt〕*n.* 光　　tunnel〔'tʌnḷ〕*n.* 隧道
We can see the light at the end of the tunnel.
我們在隧道中很黑暗、很努力，我們已看到隧道出口的陽光，表示「我們已經可以看到光明的未來。」

light at the end of the tunnel

□ **358.** ***It's all over.*** 都結束了。

It's a done deal. 這是決定好的事。

The die is cast. 【諺】木已成舟；已成定局。

□ **359.** ***I don't care.*** 我不在乎。

It doesn't matter. 沒關係。

Makes no difference. 無所謂。

□ **360.** ***We are close.*** 我們很親密。

We are tight. 我們關係很親密。

We are like family. 我們就像一家人一樣。

** ————————

358. over〔'ovɚ〕*adv.* 結束；完畢　　done〔dʌn〕*adj.* 完成的

deal〔dil〕*n.* 交易　　***done deal*** 決定好的事；無法改變的事

die〔daɪ〕*n.* 骰子【為單數，複數為 dice】

cast〔kæst〕*v.* 投擲

The die is cast. 字面的意思是「骰子已經丟出去了。」也就是

「木已成舟；已成定局。」

359. care〔kɛr〕*v.* 在乎　　matter〔'mætɚ〕*v.* 有關係；很重要

difference〔'dɪfərəns〕*n.* 不同

make no difference 沒影響；沒差別；無所謂

Makes no difference. 源自 It makes no difference.

360. close〔klos〕*adj.* 親密的

We are close. 不可說成：*We are closed.*（我們打烊了。）

tight〔taɪt〕*adj.* 關係親密的　　like〔laɪk〕*prep.* 像

□ 361. ***Stop at nothing.***　　　　　爲達目的不擇手段。
　　　 Do everything possible.　　　要做任何可能的事。
　　　 You only live once.　　　　　人只能活一次。

□ 362. ***No problem.***　　　　　　　沒問題。
　　　 No sweat.　　　　　　　　　　沒問題。
　　　 It's a piece of cake.　　　　這是很容易的事。

□ 363. ***That's life.***　　　　　　　這就是人生。
　　　 That's how it goes.　　　　　事情就是這樣。
　　　 C'est la vie.　　　　　　　　這就是人生。

【無論人生是好是壞，你都可以說這三句話】

＊＊────────────────

361. stop〔stɑp〕*v.* 停止；猶豫；打消念頭＜*at*＞
　　stop at nothing 不顧一切；爲達目的不擇手段（＝*be willing to do anything to achieve something*）
　　possible〔'pɑsəbḷ〕*adj.* 可能的　　once〔wʌns〕*adv.* 一次
　　You only live once.（人只能活一次；及時行樂。）常簡寫爲
　　YOLO。這是慣用句，不可說成：*We only live once.*（誤）
362. problem〔'prɑbləm〕*n.* 問題　　sweat〔swɛt〕*n.* 流汗
　　No sweat. 小事一椿；沒問題。　　piece〔pis〕*n.* 一片；一塊
　　cake〔kek〕*n.* 蛋糕　　***a piece of cake*** 很容易的事；輕而易舉
363. go〔go〕*v.* 進展
　　C'est la vie.〔͵se lə 'vi〕來自法文，英文意思是 That's life.
　　「這就是人生；生活就是如此。」

10. 幫助別人
Helping Others

用手機掃瞄聽錄音

☐ 364. *I can help you out.*	我可以幫你一點忙。
I can lend you a hand.	我可以幫助你。
My time is your time.	我的時間就是你的時間。
☐ 365. *You alright?*	你還好嗎？
Everything OK?	一切都好嗎？
Is anything wrong?	有什麼不對勁的嗎？
☐ 366. *You look tired.*	你看起來很累。
You look sleepy.	你看起來很想睡。
Are you feeling OK?	你覺得還好嗎？

**─────────

364. *help out* 幫忙（= *help*）
lend sb. a hand 幫助某人（= *lend sb. a helping hand*）

365. alright〔ɔlˏraɪt〕*adv.* 很好地（= *all right*）
You alright? 是由 Are you alright? 簡化而來。
OK〔ˈoˈke〕*adv.* 很好地
Everything OK? 源自 Is everything OK?
wrong〔rɔŋ〕*adj.* 不對勁的；情況不好的

366. tired〔taɪrd〕*adj.* 疲倦的　sleepy〔ˈslipɪ〕*adj.* 想睡的
Are you feeling OK? 用「現在進行式」加強語氣。

10.
幫
助
別
人

□ 367. *My stomach is upset.*　　　　我的胃不舒服。

It feels uneasy.　　　　　　　我覺得不舒服。

I think I ate something　　　我想我吃到不乾淨的東西

bad.　　　　　　　　　　　　了。

□ 368. *You need medicine.*　　　　你需要吃藥。

Want to see a doctor?　　　　想去看醫生嗎？

Want to go to a　　　　　　　想去藥局嗎？

pharmacy?

【看到朋友身體不適，就說這三句話來表示關心】

□ 369. *I want to help you.*　　　　我想要幫忙你。

I can lend a hand.　　　　　　我可以幫忙。

If I can, I will.　　　　　　　如果可以的話，我會幫忙。

* * —————————————

367. stomach ('stʌmək) *n.* 胃　　　upset (ʌp'sɛt) *adj.* 不舒服的

feel (fil) *v.* 使人覺得

uneasy (ʌn'izɪ) *adj.* 不自在的；不舒服的

368. medicine ('mɛdəsn̩) *n.* 藥

Want to see a doctor? 源自 Do you want to see a doctor?

pharmacy ('farməsɪ) *n.* 藥局

Want to go to a pharmacy? 源自 Do you want to go to a

pharmacy?

369. *lend a hand* 幫忙；協助

10.
幫
助
別
人

□ 370. ***Bless you.*** 願上帝祝福你。

You feeling OK? 你感覺還好吧？

Need a tissue? 需要面紙嗎？

【當別人打噴嚏時，可說這三句話】

□ 371. ***What's eating you?*** 你有什麼心事？

What's bothering you? 你有什麼困擾？

What's troubling you? 你有什麼煩惱？

□ 372. ***What can I do for you?*** 我能為你做什麼？

I'm always here to 我隨時願意幫忙。
help.

Don't be afraid to ask. 不要害怕，儘管開口。

＊＊─────────────────

370. ***Bless you.*** 源自 God bless you.

You feeling OK? 源自 Are you feeling OK?

tissue〔ˈtɪʃjʊ〕*n.* 面紙

Need a tissue? 源自 Do you need a tissue?

371. eat〔it〕*v.* 吃；煩擾；打擾

bother〔ˈbɑðɚ〕*v.* 使困擾；使煩擾

trouble〔ˈtrʌbḷ〕*v.* 使煩惱

372. afraid〔əˈfred〕*adj.* 害怕的

ask〔æsk〕*v.* 詢問；要求；請求

10.
幫助別人

11. 稱讚別人
Paying Compliments

用手機掃瞄聽錄音

□ 373. ***You are my sunshine***.　　你是我的陽光。
You are my everything.　　你是我的一切。
You are my whole world.　　你是我的全世界。

□ 374. ***You're a great friend***.　　你是個很棒的朋友。
A true-blue buddy.　　是個忠誠堅定的夥伴。
Like a brother to me.　　就像是我的兄弟。

□ 375 ***You're smart***.　　你很聰明。
You're intelligent.　　你很聰明。
You're full of wisdom.　　你充滿智慧。

* * ─────────────

373. sunshine〔'sʌn,ʃaɪn〕*n.* 陽光
everything〔'ɛvrɪ,θɪŋ〕*pron.* 一切事物；最重要的東西
whole〔hol〕*adj.* 整個的
374. great〔gret〕*adj.* 很棒的　　true-blue *adj.* 忠誠堅定的；可靠的
buddy〔'bʌdɪ〕*n.* 兄弟；同伴；夥伴　　like〔laɪk〕*prep.* 像
Like a brother to me. 源自 You are like a brother to me.
375. smart〔smart〕*adj.* 聰明的
intelligent〔ɪn'tɛlədʒənt〕*adj.* 聰明的
be full of 充滿　　wisdom〔'wɪzdəm〕*n.* 智慧

□ 376. *I like you best*.　　　　　　我最喜歡你。

　　　You are my favorite.　　　　你是我最喜愛的人。

　　　You are the apple of my　　　你是我最珍貴的人。
　　　　eye.

□ 377. *I like your style*.　　　　　我喜歡你的風格。

　　　You are fashionable.　　　　你很時髦。

　　　You have good taste.　　　　你有好的品味。

　　【稱讚別人衣服穿得好看，可說這三句話】

□ 378. *You are wonderful*.　　　　你很棒。

　　　You are perfect.　　　　　　你很完美。

　　　Nobody can hold a　　　　　沒有人比得上你。
　　　　candle to you.

**　＊＊────────────

376. *like…best* 最喜歡　　favorite〔'fevərɪt〕*n.* 最喜愛的人或物
　　the apple of one's eye 極珍愛的人或物；掌上明珠；心肝寶貝
　　　【apple 原指「瞳孔」，*the apple of one's eye* 即表示「如眼珠般重
　　　要之物」之意】

377. style〔staɪl〕*n.* 風格
　　fashionable〔'fæʃənəbḷ〕*adj.* 流行的；時髦的
　　taste〔test〕*n.* 品味

378. wonderful〔'wʌndəfəl〕*adj.* 很棒的
　　perfect〔'pɝfɪkt〕*adj.* 完美的　　candle〔'kændḷ〕*n.* 蠟燭
　　cannot hold a candle to 簡直不能與…相比

11.
稱
讚
別
人

☐ **379.** *You're really improving.*　你眞的在進步。
You're getting better.　你變得越來越好。
Keep on practicing.　要一直不停地練習。

☐ **380.** *Congratulations!*　恭喜！
Mission accomplished!　任務完成了！
Job well done!　做得很好！

☐ **381.** *You're the best.*　你是最棒的。
You're above all the rest.　你勝過其他所有的人。
You're a big fish in a　你眞是大材小用。
　　small pond.

**────────

379. improve〔ɪmˈpruv〕v. 改善；進步　　get〔gɛt〕v. 變得
keep on 持續【語氣較 keep（持續）強】
practice〔ˈpræktɪs〕v. 練習
380. congratulations〔kənˌɡrætʃəˈleʃənz〕n. pl. 恭喜
mission〔ˈmɪʃən〕n. 任務　　accomplish〔əˈkɑmplɪʃ〕v. 完成
Mission accomplished! 源自 The mission has been
　accomplished!
Job well done! 源自 The job is well done!
381. above〔əˈbʌv〕prep. 在…之上；優於；勝過
rest〔rɛst〕n. 其餘的人或物　　fish〔fɪʃ〕n. 魚
pond〔pɑnd〕n. 池塘
a big fish in a small pond 大材小用

pond

11. 稱讚別人

☐ 382. ***You did it.*** 你做到了。
You made it. 你做到了。
You deserve praise. 你應該被稱讚。

☐ 383. ***You're an ace.*** 你是一流人才。
You're a gem. 你是很有價值的人。
You're the best of the 你是最頂尖的人物。
best.

☐ 384. ***Your English is very*** 你的英文很好。
good.
Your English is fluent. 你的英文很流利。
You speak English like 你說起英文來，像是美國
a native. 人。

【稱讚別人英文說得很好，就說這三句話】

**————————————

382. do〔du〕v. 完成；做完 ***make it*** 成功；辦到
deserve〔dɪ'zɜv〕v. 應得 praise〔prez〕n. 稱讚

383. ace〔es〕n. 撲克牌的 A；一流的人才
gem〔dʒɛm〕n. 寶石【寶石是被人們所喜愛，所以在此 gem 指的是
「被人喜愛的人」、「有價值的人」】
the best of the best 是指「在最佳團體中最好的」，例如最好班
級中的第一名、最好的公司中的最佳人才。

384. fluent〔'fluənt〕adj. 流利的
native〔'netɪv〕n. 本地人【在此指 native of America (美國本地人)】

□ 385. ***Education is good.***　　　教育很好。
　　　Experience is better.　　　經驗更好。
　　　Ability is best!　　　能力最好！

□ 386. ***You're unique.***　　　你很獨特。
　　　You're outstanding.　　　你很傑出。
　　　There's only one you.　　　你是獨一無二的。

□ 387. ***I only have eyes for you.***　　　我只關心你。
　　　I can't take my eyes off
　　　　you.　　　我無法不看你。
　　　You're just too good to
　　　　be true.　　　你太好了，不像是真的。

** ────────────

385. education〔͵ɛdʒʊˈkeʃən〕*n.* 教育
　　experience〔ɪkˈspɪrɪəns〕*n.* 經驗　　ability〔əˈbɪlətɪ〕*n.* 能力
386. unique〔juˈnik〕*adj.* 獨特的；獨一無二的
　　outstanding〔ˈaʊtˈstændɪŋ〕*adj.* 傑出的
　　There's only one you. 可加強語氣説成：There's only one
　　　you in the world. (在這個世界上只有一個你。) 或 There's
　　　no one like you. (沒有人像你一樣。)
387. ***have eyes for*** 關心；對…有興趣
　　take *one's* ***eyes off*** 使眼睛離開；不看
　　just〔dʒʌst〕*adv.* 真地；的確　　***too…to*** 太…以致於不

□ **388.** *You're on top of things*. | 你很專心。
You're not | 你沒在亂想，你注意力集
　daydreaming. | 中。
You're not in a fog. | 你並不迷糊。

□ **389.** *You're in great shape*. | 你的身材很好。
You have a beautiful | 你有很好的身材。
　figure. |
You have an extremely | 你有非常健康的身體。
　fit body. |

【稱讚別人身材很好，就可以説這三句話】

＊＊────────

388.
on top of things 掌握一切情況；很專心
daydream〔'de,drim〕*v.* 做白日夢
You're not daydreaming. 除了可以表示「你沒在亂想」以外，
　還可表示「你不是在幻想。」如果有人説大話，吹牛他可以發
　大財，你可對他説："You're daydreaming."（你在幻想。）
　如果他的目標可以實現，你就説："You're not daydreaming."
　（你不是在幻想。）表示「你的目標可以實現。」
fog〔fɔg , fɑg〕*n.* 霧　　*in a fog* 迷糊的

389.
great〔gret〕*adj.* 很棒的
shape〔ʃep〕*n.* 形狀；形態；身體狀況
be in great shape 身材好；身體很健康
figure〔'fɪgjɚ〕*n.* 形態；體態
extremely〔ɪk'strimlɪ〕*adv.* 非常　　fit〔fɪt〕*adj.* 健康的

□ 390. **_Bravo!_** 好極了！

Kudos! 做得好！

Congrats! 恭喜！

□ 391. **_I'm jealous of you_**. 我嫉妒你。

I'm envious of you. 我羨慕你。

I want to be just like 我想和你一樣。
　　you.

□ 392. **_You're lucky_**. 你很幸運。

You're fortunate. 你很幸運。

You have a pretty good 你有相當好的生活。
　　life.

**─────────

390. bravo〔'brɑ'vo〕*interj.* 好極了

kudos〔'kudos，'kjudɑs，'kudɑs〕*interj.* 做得好（= *good job*）

congrats〔kən'græts〕*n. pl.* 恭喜（= *congratulations*）

391. jealous〔'dʒɛləs〕*adj.* 嫉妒的；羨慕的

be jealous of 嫉妒；羨慕

envious〔'ɛnvɪəs〕*adj.* 羨慕的；嫉妒的

be envious of 羨慕；嫉妒

just〔dʒʌst〕*adv.* 正好；恰好；正是　　like〔laɪk〕*prep.* 像

392. lucky〔'lʌkɪ〕*adj.* 幸運的　　fortunate〔'fɔrtʃənɪt〕*adj.* 幸運的

pretty〔'prɪtɪ〕*adv.* 相當

11. 稱讚別人

□ **393.** *You're sharp.* 　　　　你很敏銳。
　　　　 You're keen. 　　　　 你很聰明。
　　　　 Your mind is clear. 　　　 你的頭腦很清楚。

□ **394.** *You look healthy.* 　　　你看起來很健康。
　　　　 You look in good shape. 　 你看起來很健康。
　　　　 What's your secret? 　　　 你的祕訣是什麼？

□ **395.** *You are outstanding.* 　　你很傑出。
　　　　 You are one in a million. 　 你是百萬中選一。
　　　　 You are a needle in a 　　　 像你這種人，很難找到。
　　　　　 haystack.

**────

393. sharp〔ʃɑrp〕*adj.* 敏銳的；聰明的
　　　 keen〔kin〕*adj.* 敏捷的；聰明的
　　　 mind〔maɪnd〕*n.* 頭腦；智力
　　　 clear〔klɪr〕*adj.* 清楚的

a needle
in a haystack

394. shape〔ʃep〕*n.* 形狀；（健康的）狀況
　　　 in good shape 健康的　　　 secret〔ˈsikrɪt〕*n.* 祕密；祕訣

395. outstanding〔ˈaʊtˈstændɪŋ〕*adj.* 傑出的
　　　 million〔ˈmɪljən〕*n.* 百萬　　 *in a million* 百萬裡挑一；極難得
　　　 one in a million 百萬中選一的人或物；極稀有的人或事物
　　　 needle〔ˈnidl̩〕*n.* 針　　 haystack〔ˈheˌstæk〕*n.* 稻草堆
　　　 a needle in a haystack 在稻草堆中的針，在此指「難得的人」。

11.
稱
讚
別
人

【對你喜歡的人，可以說下面六句話】

☐ 396. *You light up my life*.　　你照亮我的生命。

You mean the world to　你是我的一切。
me.

A day without you is　沒有你的日子，就像沒有
like a day without　陽光。
sunshine.

☐ 397. *Whenever I see you, it's*　每當我看到你，就像呼吸
like a breath of fresh　了一口新鮮的空氣。
air.

You make me feel like　你使我精神爲之一振。
a brand-new man.

You make me feel like　你使我精神很好。
a million bucks.

** ———————————

396. *light up* 照亮　　mean〔min〕*v.* 具有…意思；具有…重要性
mean the world to sb. 是某人的一切；對某人非常重要
like〔laɪk〕*prep.* 像　　sunshine〔'sʌn,ʃaɪn〕*n.* 陽光

397. breath〔brɛθ〕*n.* 呼吸；氣息　　fresh〔frɛʃ〕*adj.* 新鮮的
brand-new〔'brænd,nju〕*adj.* 嶄新的　　buck〔bʌk〕*n.* 一美元
feel like a million bucks 很舒服；精神很好
= feel like a million dollars = feel like a million

【稱讚男女朋友或恩愛夫妻】

□ 398. *You two are compatible.*   你們兩個人很相配。

      You're suitable for each   你們彼此適合。
        other.

      You belong together.   你們兩個很合適。

□ 399. *You two are the perfect*   你們倆是最完美的一對。
        couple.

      You're a match made in   你們是天造地設的一對。
        heaven.

      You were made for each   你們是天生一對。
        other.

** ————————————————

398. compatible〔kəm'pætəbḷ〕*adj.* 能相容的；適合的
     suitable〔'sutəbḷ〕*adj.* 適合的
     belong〔bə'lɔŋ〕*v.* 應該歸屬於；適合

399. perfect〔'pɝfɪkt〕*adj.* 完美的
     couple〔'kʌpḷ〕*n.* 一對
     You two are the perfect couple. 中的 perfect 沒有最高級，the
       perfect 就表示最高級，指「最完美的」。不可說成：*You two*
       are a perfect couple.（誤）
     match〔mætʃ〕*n.* 很好的一對
     heaven〔'hɛvən〕*n.* 天堂
     be made for 生來適合

match

【稱讚對方非常優秀，無可取代】

☐ 400. ***You have the right*** 　　你擁有很好的特質。
　　　　 stuff.
　　　　 You're high quality.　　你非常優秀。
　　　　 I'm impressed by you.　 我對你印象深刻。

☐ 401. ***You're too important***.　　你太重要了。
　　　　 No one can replace　　沒有人可以取代你。
　　　　 you.
　　　　 Nobody can fill your　　沒有人可以接替你的工作。
　　　　 shoes.

**————————————

400. stuff〔stʌf〕*n.* 東西；要素；特質
the right stuff（完成困難任務所需的）必要特質（如知識、信心、
　　勇氣等）
quality〔'kwɑlətɪ〕*n.* 品質　*adj.* 高品質的；優質的
high quality 高品質的；優質的
You're high quality. = You're a quality person.
impress〔ɪm'prɛs〕*v.* 使印象深刻
be impressed by/with 對…印象深刻
I'm impressed by you. = I'm impressed with you.

401. important〔ɪm'pɔrtn̩t〕*adj.* 重要的　　replace〔rɪ'ples〕*v.* 取代
nobody〔'no͵bɑdɪ〕*pron.* 沒有人；無一人
fill〔fɪl〕*v.* 填滿；裝滿　　shoes〔ʃuz〕*n. pl.* 鞋子
fill one's shoes 接替某人的工作

□ 402. ***You brighten me up.*** | 你使我高興。
You bring out the best in me. | 你使我發揮我的長處。
Seeing you makes my day. | 看到你我真高興。

□ 403. ***I salute you.*** | 我向你致敬。
I applaud you. | 我為你鼓掌。
My hat is off to you. | 我向你致敬。

** ────────────

402. brighten〔'braɪtn̩〕*v.* 使發亮；使愉快
brighten sb. up 使某人高興　　***bring out*** 使表現出
in me「在我身上」，in 表「性質；能力」。
You bring out the best in me.
　　= You bring out all of my good points.
　　= You bring out all of my best characteristics.
　　【***good point*** 優點　　characteristic〔͵kærɪktə'rɪstɪk〕*n.* 特性】
make one's day 使某人非常高興

403. salute〔sə'lut〕*v.* 向⋯行禮；向⋯致敬
applaud〔ə'plɔd〕*v.* 向⋯鼓掌；向⋯喝采
off〔ɔf〕*adv.* 脫落地
My hat is off to you.（我向你脫帽致敬。）也可說成：Hats off
to you. 或 I take my hat off to you. 意思相同。

12. 日常會話
Daily Conversation

用手機掃瞄聽錄音

12.
日常會話

□ 404. ***Wake up early.***　　　　　　早點起床。
　　　Jump out of bed.　　　　　　快起床。
　　　Take on the day!　　　　　　接受新的一天的挑戰！

□ 405. ***It's garbage.***　　　　　　它是垃圾。
　　　It's trash.　　　　　　它是垃圾。
　　　Throw it away.　　　　　　把它丟掉。

□ 406. ***I'm off to bed.***　　　　　　我要上床睡覺了。
　　　It's bedtime.　　　　　　睡覺的時間到了。
　　　Time to crash.　　　　　　該睡覺了。

** ————————————————

404. *wake up* 醒來；起床　　jump〔dʒʌmp〕v. 跳
　　　jump out of bed 從床上跳下來；快起床
　　　take on 承擔；接受；接受～的挑戰
405. garbage〔'gɑrbɪdʒ〕n. 垃圾　　trash〔træʃ〕n. 垃圾
　　　throw away 扔掉
406. *be off to bed* 上床睡覺　　bedtime〔'bɛd,taɪm〕n. 就寢時間
　　　crash〔kræʃ〕v. 睡；住宿；（飛機）墜毀
　　　Time to crash. 源自 It's time to crash.
　　　It's time to V. 該做…的時刻到了

12.
日常會話

【每天早上叫小孩起床，可以說下列這幾句話】

☐ **407.** *Are you up?* 　　　　　　　你起來了嗎？

　　　　Are you awake? 　　　　　你醒了嗎？

　　　　Are you conscious? 　　　你清醒了嗎？

☐ **408.** *Wash up.* 　　　　　　　　去洗手、洗臉。

　　　　Brush your teeth. 　　　　刷牙。

　　　　Do your hair. 　　　　　　整理頭髮。

☐ **409.** *Change.* 　　　　　　　　換衣服。

　　　　Get dressed. 　　　　　　穿衣服。

　　　　Put your clothes on. 　　把衣服穿上。

☐ **410.** *Hold on.* 　　　　　　　　等一下。

　　　　Wait a minute. 　　　　　等一下。

　　　　I can help. 　　　　　　　我可以幫忙。

***

407. up〔ʌp〕*adv.* 起來　　awake〔ə'wek〕*adj.* 醒著的
　　conscious〔'kɑnʃəs〕*adj.* 神志清醒的；有意識的
408. *wash up* 洗臉洗手　　brush〔brʌʃ〕*v.* 刷
　　teeth〔tiθ〕*n. pl.* 牙齒　　*do one's hair* 做頭髮；整理頭髮
409. change〔tʃendʒ〕*v.* 更衣；換衣服　　dress〔drɛs〕*v.* 給…穿衣
　　put on 穿上　　clothes〔kloz〕*n. pl.* 衣服
410. *hold on* 堅持下去；等一下
　　minute〔'mɪnɪt〕*n.* 分鐘；片刻；一會兒

□ **411.** ***I can't find my way.***　　　我找不到路。

　　　I don't know where to go.　　我不知道要去哪裡。

　　　Where is this place?　　　這個地方是哪裡？

　　【要記住，不可以説 *Where is here?* (誤)】

□ **412.** ***I don't feel well.***　　　我覺得不太舒服。

　　　I'm feeling sick.　　　我覺得身體不舒服。

　　　I'm under the weather.　　我身體不舒服。

□ **413.** ***It smells.***　　　很臭。

　　　It stinks.　　　很臭。

　　　It's disgusting.　　　很噁心。

□ **414.** ***What do you want from***　　你要我做什麼？
　　　me?

　　　What can I do for you?　　我能爲你做什麼？

　　　Don't be afraid to ask.　　不要害怕提出要求。

** ────────────

412. well〔wɛl〕*adj.* 好的；健康的

　　sick〔sɪk〕*adj.* 生病的；身體不舒服的

　　weather〔'wɛðɚ〕*n.* 天氣　　***under the weather*** 身體不適的

413. smell〔smɛl〕*v.* 有臭味；很臭　　stink〔stɪŋk〕*v.* 發臭；有臭味

　　disgusting〔dɪs'gʌstɪŋ〕*adj.* 噁心的

414. afraid〔ə'fred〕*adj.* 害怕的

12.
日常會話

□ **415.** *I know you well*.　　　　　　　我對你很熟悉。

I understand you.　　　　　　我了解你。

I can read you like a　　　　　我知道你在想什麼。
book.

□ **416.** *I'm ready*.　　　　　　　　　　我好了。

I'm ready whenever　　　　　　你好的時候，我就好了。
you are ready.

I'm ready, willing, and　　　　我準備好了，我願意，而
able.　　　　　　　　　　　　且能夠做任何事。

□ **417.** *I have a problem*.　　　　　　我有一個問題。

I have some trouble.　　　　　我有一些麻煩。

I'm in a jam.　　　　　　　　我陷入困境。

**─────────────

415. *know…well* 很熟悉　　understand〔͵ʌndɚ'stænd〕v. 了解
read sb. like a book 完全了解某人的心思；對某人瞭若指掌

416. ready〔'rɛdɪ〕adj. 準備好的
whenever〔hwɛn'ɛvɚ〕conj. 無論何時
willing〔'wɪlɪŋ〕adj. 願意的
able〔'ebḷ〕adj. 能夠的；有能力的
ready, willing, and able 準備好，有意願，而且有能力

417. problem〔'prɑbləm〕n. 問題　　trouble〔'trʌbḷ〕n. 麻煩
jam〔dʒæm〕n. 果醬；困境；困難　　*be in a jam* 陷入困境

☐ **418.** *Wake up!*   起床！

     Get up!   起床！

     Rise and shine!   快起床！

☐ **419.** *Where's my phone?*   我的電話在哪裡？

     I misplaced it.   我忘了放在哪裡了。

     I can't find it.   我找不到。

☐ **420.** *A car is coming.*   有輛車來了。

     Move over.   向旁邊移動。

     Get out of the way.   快讓開。

☐ **421.** *Go to bed early.*   要早點上床睡覺。

     Hit the sack early.   要早點睡。

     Don't stay up late.   不要熬夜。

** ————————————

418. *wake up* 起床   *get up* 起床   rise〔raɪz〕v. 起床
shine〔ʃaɪn〕v. 發光；發亮   *rise and shine* 快起床

419. phone〔fon〕n. 電話【在此指 cell phone（手機）】
misplace〔mɪs'ples〕v. 將…放錯位置；不知道把…放在何處

420. *move over* 向旁邊移動   *get out of the way* 讓路；避開

421. *go to bed* 上床睡覺   sack〔sæk〕n. 大袋
hit the sack 睡覺（= *hit the hay*）
stay up 熬夜（= *sit up* = *burn the midnight oil*）
late〔let〕adv. 晚

☐ **422.** *So long*. 　　　　　　再見。

Catch you later. 　　　待會見。

See you around. 　　　待會見。

【「再見」不要總是說 Good-bye.，可說這三句話】

☐ **423.** *Sleep well?* 　　　　睡得好嗎？

You OK? 　　　　　　你還好嗎？

Ready for the day? 　　準備好迎接新的一天了嗎？

【早上和同事、同學見面時，就可以這麼說】

☐ **424.** *I fit in*. 　　　　　　我能適應環境。

I belong here. 　　　　我屬於這裡。

Everyone treats me 　　每個人都對我不錯。
　　right.

※※────────────

422. *so long* 再見　　catch〔kætʃ〕*v.* 抓到；找到
　　later〔'letɚ〕*adv.* 之後；隨後　　around〔ə'raʊnd〕*adv.* 在附近
　　see you around ①在附近看見你　②待會見；再見
423. ***Sleep well?*** 是 Did you sleep well? 的省略。
　　You OK? 是 Are you OK? 的省略。
　　Ready for the day? 是 Are you ready for the day? 的省略。
　　OK〔'o'ke〕*adj.* 好的；可以的　　ready〔'rɛdɪ〕*adj.* 準備好的
424. ***fit in*** 適合；相合；相處融洽；適應環境
　　belong〔bə'lɔŋ〕*v.* 屬於；適合
　　I belong here.（我屬於這裡。）= *I love it here.*（我很喜歡這裡。）
　　treat〔trit〕*v.* 對待　　right〔raɪt〕*adv.* 正確地；恰當地

□ 425. *I don't go for that*.　　　我不喜歡那個。

It's not my thing.　　　　那不是我喜歡的。

It's not my cup of tea.　　那不是我喜愛的東西。

【碰到不喜歡的事物，可說這三句話】

□ 426. *I slept badly*.　　　　　我睡得不好。

I tossed and turned all　　我整晚上翻來覆去。
　 night.

I didn't sleep a wink.　　我完全沒睡。

□ 427. *Time for bed*.　　　　　睡覺的時間到了。

Turn off the light.　　　　關燈。

Switch off the light.　　　關燈。

＊＊─────────────

425. *go for* 喜歡 (= *like a particular type of person or thing*)

one's thing 某人擅長的事；某人喜歡的東西

one's cup of tea 某人喜愛的東西

426. badly〔ˈbædlɪ〕*adv.* 差勁地

toss〔tɔs〕*v.* 投擲；活動身體各部位；輾轉反側

turn〔tɜn〕*v.* 翻身　　*toss and turn* 翻來覆去；輾轉反側

wink〔wɪŋk〕*n.* 眨眼；瞬間

not sleep a wink 完全沒睡覺；沒眨一下眼 (= *not sleep at all*)

427. *Time for bed*. 是由 It's time for bed. 簡化而來。

turn off 關掉　　light〔laɪt〕*n.* 燈　　*switch off* 關掉

「關燈」不能說成：*Close the light.*【誤】

【手機快沒電了，就説下面這六句話】

□ **428.** ***My phone is low.*** 　　　我的手機快沒電了。

　　It's almost dead. 　　　它幾乎沒電了。

　　I need to charge it. 　　　我需要替它充電。

□ **429.** ***Attach the cord.*** 　　　要接上充電線。

　　Plug it in. 　　　要把它的插頭插入插座。

　　Charge it up. 　　　要替它充電。

□ **430.** ***I'm not a fool.*** 　　　我不是傻瓜。

　　I'm not an idiot. 　　　我不是白痴。

　　I know what I need to 　　　我知道我需要做什麼。
　　　do.

** ——————————

428. phone〔fon〕*n.* 電話【在此指 cell phone（手機）】
　　low〔lo〕*adj.* 能量快耗盡的
　　My phone is low. 可説成：My phone is running low. 或
　　　My phone is getting low.【run〔rʌn〕*v.* 變得】
　　dead〔dɛd〕*adj.* 沒電的　　charge〔tʃɑrdʒ〕*v.* 將…充電
429. attach〔ə'tætʃ〕*v.* 黏；貼；接上　　cord〔kɔrd〕*n.* 細繩；電線
　　Attach the cord. 也可説成：Connect the cord.
　　plug in 把…的插頭插入插座
　　Plug it in. 也可説成：Plug it in to the wall.
　　　（把它的插頭插入牆上的插座。）
　　charge up 給…充電（= *charge*）
430. fool〔ful〕*n.* 傻瓜　　idiot〔'ɪdɪət〕*n.* 白痴

□ 431. *I'm addicted to studying*   我對學習英文上癮。
        English.

I'm hooked on it.   我對它上癮。

I can't live without it.   我不能沒有它。

□ 432. *Can we meet?*   我們可以碰面嗎？

Get together sometime?   我們可以找個時間聚一聚
                                       嗎？

It would be my pleasure.   這會是我的榮幸。

□ 433. *After you.*   你先請。

Go ahead.   你先請。

You go first.   你先走。

**　**———————————

431. addict〔ə'dɪkt〕*v.* 使上癮　　*be addicted to* 對…上癮
hook〔hʊk〕*n.* 鉤子　*v.* 用鉤子鉤住
be hooked on 對…上癮（= *be addicted to*）
can't live without 不能沒有（= *can't do without*）

432. meet〔mit〕*v.* 會面　　*get together* 聚在一起
sometime〔'sʌm‚taɪm〕*adv.* 某時
Get together sometime? 源自 Can we get together sometime?
pleasure〔'plɛʒɚ〕*n.* 樂趣；榮幸；光榮

433. *After you.* 你先請；請先走。　　go〔go〕*v.* 去；移動；前進
ahead〔ə'hɛd〕*adv.* 向前　　*go ahead* 向前進；【催促對方】先請

13. 提出問題
Making Inquiries

用手機掃瞄聽錄音

13.
提
出
問
題

□ **434.** ***What can I do?***   我能做什麼？

How can I help?   我要如何幫忙？

Can I do anything for   我能為你做任何事嗎？
you?

□ **435.** ***What's your plan?***   你有什麼計劃？

What's your goal?   你有什麼目標？

What do you really   你真正想做的是什麼？
want to do?

□ **436.** ***Do you have change?***   你有零錢嗎？

I need some coins.   我需要一些硬幣。

coin

I want to use the   我想要使用販賣機。
machine.

**————————————

434. help〔hɛlp〕v. 幫忙　　anything〔'ɛnɪˌθɪŋ〕pron. 任何事

435. plan〔plæn〕n. 計劃　　goal〔gol〕n. 目標
really〔'rɪəlɪ〕adv. 真地

436. change〔tʃendʒ〕n. 零錢　　coin〔kɔɪn〕n. 硬幣
machine〔mə'ʃin〕n. 機器【在此指 vending machine（自動販賣機）】

□ 437. ***What's the date?***　　今天是幾月幾日？
What's today's date?　　今天是幾月幾日？
What day is today?　　今天是星期幾？

□ 438. ***How should I say this***
in English?　　這個用英文我該怎麼說？
Please say it for me.　　請說給我聽。
Please pronounce it.　　請把它唸出來。
【不能說：*How to say in English?*（誤），要說這三句話】

□ 439. ***May I join you?***　　我可以和你一起去嗎？
Mind if I come along?　　如果我一起去，你介意嗎？
May I tag along?　　我可以跟著去嗎？

13.
提
出
問
題

** ─────────────

437. date〔det〕*n.* 日期
What day is today? = What day is it? = What day is it today?
　= What day of the week is it?
　= What day of the week is it today?
438. in〔ɪn〕*prep.* 用…（語言）
pronounce〔prə'naʊns〕*v.* 發音；發…的音
439. join〔dʒɔɪn〕*v.* 加入；和（某人）一起做同樣的事
mind〔maɪnd〕*v.* 介意　　***come along*** 一起去
Mind if I come along? 源自 Do you mind if I come along?
tag〔tæg〕*v.* 尾隨；緊跟在後；（未受邀請卻）跟著人去
tag along 緊跟在後

□ 440. ***Are you for real?***   你是認眞的嗎？

I don't believe it.   我不相信。

You must be pulling my   你一定在開我玩笑。
    leg.

□ 441. ***I can't get Wi-Fi.***   我無法使用 Wi-Fi。

I can't get on the Internet.   我無法上網。

What's your password?   你們的密碼是什麼？

□ 442. ***Can I borrow a pen?***   我可以借一枝筆嗎？

Can you lend me a pen?   你可以借我一枝筆嗎？

I'll return it.   我會還的。

13.
提
出
問
題

** ————————————

440. real〔'riəl〕*adj.* 眞的   ***for real*** 認眞的

believe〔bɪ'liv〕*v.* 相信   must〔mʌst〕*aux.* 一定

pull〔pʊl〕*v.* 拉   ***pull one's leg*** 開某人的玩笑

441. Wi-Fi〔'waɪ'faɪ〕*n.* 無線上網；無線區域網路（= *Wireless Fidelity* 無線高傳眞）

Internet〔'ɪntəˏnɛt〕*n.* 網際網路

get on the Internet 上網   password〔'pæsˏwɝd〕*n.* 密碼

442. borrow〔'baro〕*v.* 借（入）   lend〔lɛnd〕*v.* 借（出）

  ⎰ borrow *sth.* from *sb.* 向某人借某物
  ⎱ lend *sb. sth.* = lend *sth.* to *sb.* 借給某人某物

return〔rɪ'tɝn〕*v.* 歸還

□ **443.** ***How do you say this***   這個字要怎麼唸？
       word?

    How do you pronounce   這個你會怎麼唸？
       it?

    Did I pronounce it   我的發音正確嗎？
       correctly?

【不能說："*How to say this?*"（誤）】

□ **444.** ***Where are you going?***   你要去哪裡？
    Where are you headed?   你要去哪裡？
    Where are you off to?   你要去哪裡？

□ **445.** ***What's your plan?***   你有什麼計劃？
    What do you want to do?   你想要做什麼？
    What are you going to   你將會做什麼？
       do?

13.
提出問題

** ——————————————

443. word〔wɜd〕*n.* 字
    pronounce〔prəˈnaʊns〕*v.* 發音；發…的音
    correctly〔kəˈrɛktlɪ〕*adv.* 正確地

444. head〔hɛd〕*v.* 使前進
    Where are you headed? 你要前往哪裡？；你要去哪裡？
    be off to 動身前往；去

445. plan〔plæn〕*n.* 計劃   ***be going to V.*** 即將；將要（= *will V.*）

☐ **446.** ***Something going on?*** | 有事情發生嗎？
Some special activity? | 有某個特別的活動嗎？
Anything out of the | 有任何不尋常的事嗎？
　　ordinary? |

☐ **447.** ***Where's a drugstore?*** | 藥房在哪裡？
A pharmacy? | 哪裡有藥房？
A place that sells | 哪裡有賣藥的地方？
　　medicine? |

13.
提
出
問
題

** ——————————

446. ***go on*** 發生
something going on? 源自 Is something going on?
some〔sʌm〕*adj.* 某個；某種　　special〔'spɛʃəl〕*adj.* 特別的
activity〔æk'tɪvətɪ〕*n.* 活動
Some special activity? 源自 Is there some special activity?
ordinary〔'ɔrdṇ͵ɛrɪ〕*adj.* 普通的　　***the ordinary*** 普通的狀態
out of the ordinary 特殊的；異常的
Anything out of the ordinary? 源自
　　Is there anything out of the ordinary?

447. drugstore〔'drʌg͵stor〕*n.* 藥房
pharmacy〔'fɑrməsɪ〕*n.* 藥房
A pharmacy? 源自 Where is a pharmacy?
medicine〔'mɛdəsṇ〕*n.* 藥
A place that sells medicine? 源自
　　Where is a place that sells medicine?

□ 448. *Sorry to interrupt.*　　　　　很抱歉要打斷你。

　　　Sorry to bother you.　　　　很抱歉要打擾你。

　　　May I ask you a　　　　　　我可以問你一個問題嗎？
　　　　question?

【問天氣，問溫度，可用下面六句話】

□ 449. *What's the forecast?*　　　　氣象預報如何？

　　　What's tomorrow's　　　　　明天的天氣如何？
　　　　weather?

　　　Rain or shine?　　　　　　下雨或晴天？

□ 450. *What's tomorrow's*　　　　　明天的氣溫如何？
　　　　temperature?

　　　Hot or cold?　　　　　　　熱還是冷？

　　　How many degrees?　　　　幾度？

13. 提出問題

** ————————————

448. interrupt〔͵ɪntəˊrʌpt〕*v.* 打斷
　　　Sorry to interrupt. 後面不須加受詞。
　　　bother〔ˊbɑðɚ〕*v.* 打擾；煩擾　　question〔ˊkwɛstʃən〕*n.* 問題
449. forecast〔ˊfor͵kæst〕*n.* 預報【在此指 weather forecast（天氣預報）】
　　　weather〔ˊwɛðɚ〕*n.* 天氣　　shine〔ʃaɪn〕*v.*（太陽）發光；照耀
　　　Rain or shine? 是由 Will it rain or shine? 簡化而來。
450. temperature〔ˊtɛmpərətʃɚ〕*n.* 氣溫
　　　Hot or cold? 是由 Will it be hot or cold? 簡化而來。
　　　degree〔dɪˊgri〕*n.* 度

□ **451.** *Are you reconsidering?*   你在重新考慮嗎？

      Having second thoughts?   正在重新考慮嗎？

      Thinking about changing   你正在考慮改變心意

        your mind?   嗎？

□ **452.** *Can we take a picture*   我們能不能一起合照？

       together?

      Just the two of us.   就我們兩個。

      That would make my day.   那會使我非常高興。

□ **453.** *Want to go?*   想去嗎？

      Interested in going?   想去嗎？

      Feel up for a walk?   想要散步嗎？

13.
提
出
問
題

** ————————————

451. reconsider〔͵rikən'sɪdɚ〕*v.* 重新考慮

   second thoughts 重新考慮；三思【源自 Are you having second

    thoughts?】   *change one's mind* 改變心意

   Having second thoughts? 和 *Thinking about changing your*

    mind? 前面都省略了 Are you。

452. *take a picture* 拍照   *make one's day* 使某人非常高興

453. *Want to go?* 源自 Do you want to go?

   interested〔'ɪntrɪstɪd〕*adj.* 有興趣的；想做…的

   Interested in going? 源自 Are you interested in going?

   up for 願意做   walk〔wɔk〕*n.* 散步

   Feel up for a walk? 源自 Do you feel up for a walk?

14. 娛樂活動
Recreational Activities

用手機掃瞄聽錄音

□ **454.** *Let's go outside.*   我們去外面吧。
  Let's get some air.   我們去呼吸一些新鮮空氣吧。
  Let's stretch our legs.   我們去伸伸腿吧。

□ **455.** *Let's go see a movie.*   我們去看電影吧。
  Let's watch a show.   我們去看表演吧。
  You deserve some fun.   你應該要玩得愉快。

□ **456.** *Let's meet in person.*   我們親自見面吧。
  Let's talk face to face.   我們面對面談一談吧。
  It's better eye to eye.   最好是面對面。

** ─────────────

454. outside〔'aʊt'saɪd〕*adv.* 到外面   air〔ɛr〕*n.* 空氣
  get some air 呼吸一些新鮮空氣 (= *get some fresh air*)
  stretch〔strɛtʃ〕*v.* 伸展   leg〔lɛg〕*n.* 腿

455. *go see a movie* 去看電影 (= *go and see a movie*)
  show〔ʃo〕*n.* 表演；秀   deserve〔dɪ'zɝv〕*v.* 應得
  fun〔fʌn〕*n.* 樂趣；消遣；有趣的事

456. meet〔mit〕*v.* 會面   *in person* 親自   *face to face* 面對面
  eye to eye 源自 face to face and eye to eye (面對面)。

14.
娛
樂
活
動

□ 457. *Let's exercise.*　　　　我們運動吧。
Let's burn a few calories.　我們消耗一些卡路里吧。
Let's give our bodies a　　我們給身體運動一下吧。
　workout.

□ 458. *Let's party*.　　　　　我們來舉行派對吧。
Let's celebrate.　　　　　我們來慶祝吧。
Let's paint the town red.　我們來狂歡作樂吧。

□ 459. *Let's not discuss it*.　　我們不要討論這件事吧。
Change the subject.　　　換個話題吧。
Talk about something　　談論別的事吧。
　else.

** ———————————

14.
娛樂活動

457 exercise (ˈɛksəˌsaɪz) *v.* 運動　　burn (bɜn) *v.* 燃燒;消耗
calorie (ˈkælərɪ) *n.* 卡路里【熱量單位】(= *calory*)
workout (ˈwɜkˌaʊt) *n.* 運動

458. party (ˈpɑrtɪ) *v.* 舉行派對;狂歡
celebrate (ˈsɛləˌbret) *v.* 慶祝
paint (pent) *v.* 油漆　　town (taʊn) *n.* 城鎮

paint

paint the town red 狂歡作樂 (= *enjoy yourself by going to*
places such as bars and clubs)

459 discuss (dɪˈskʌs) *v.* 討論　　change (tʃendʒ) *v.* 改變
subject (ˈsʌbdʒɪkt) *n.* 主題;話題　　*talk about* 談論
else (ɛls) *adj.* 其他的;別的

□ 460. We should take some
　　　　extra money with us.

我們應該帶一些額外的錢
在身上。

　　　 Just in case.

以防萬一。

　　　 To be on the safe side.

以防萬一。

□ 461. *Let's give a cheer!*

我們來歡呼！

　　　 Three cheers for the
　　　　winner.

爲勝利者歡呼三次。

　　　 Hip, hip, hooray! (×3)

加油，加油，萬歲！（三次）

【要爲別人加油歡呼，就說這三句話】

□ 462. *Enjoy yourself.*

要玩得愉快。

　　　 Have some fun.

要玩得愉快。

　　　 Let your hair down.

要無拘無束。

＊＊────────────

460. *in case* 以防萬一　　*to be on the safe side* 以防萬一
　　 take sth. *with* sb. 隨身攜帶某物　　extra〔ˋɛkstrə〕*adj.* 額外的
461. cheer〔tʃɪr〕*n.* 喝采；歡呼　　*give a cheer* 發出一陣歡呼
　　 three cheers for 向…歡呼三聲；爲…歡呼三次
　　 winner〔ˋwɪnɚ〕*n.* 勝利者；贏家
　　 hip hip hooray〔ˋhɪp ˋhɪp həˋre〕*interj.*（齊聲喝采歡呼之聲）
　　　　加油，加油，萬歲！
462. *enjoy* oneself 玩得愉快
　　 have fun 玩得愉快（= *enjoy oneself* = *have a good time*）
　　 let one's *hair down* 不拘禮節；無拘無束

14.
娛
樂
活
動

【邀請別人加入合作，可以說下面六句話】

☐ **463.** ***Please join me***.　　　　請和我一起。

I invite you.　　　　　我邀請你。

Let's go together, OK?　我們一起去，好嗎？

☐ **464.** ***Let's join forces***.　　　我們通力合作吧。

Let's combine our　　　我們結合我們的力量吧。
　　might.

Let's be on the same　　我們在同一隊吧！
　　team!

☐ **465.** ***Have fun***.　　　　　要玩得愉快。

Have a ball.　　　　　要玩得很愉快。

Have a blast.　　　　　要玩得很愉快。

14.
娛
樂
活
動

** ──────────

463. join〔dʒɔɪn〕*v.* 加入；結合　　invite〔ɪn'vaɪt〕*v.* 邀請
　　together〔tə'gɛðɚ〕*adv.* 一起

464. force〔fors〕*n.* 力量　　***join forces*** 聯合；合力；通力合作
　　combine〔kəm'baɪn〕*v.* 結合；聯合
　　might〔maɪt〕*n.* 力量；能力　　team〔tim〕*n.* 隊
　　be on the same team 在同一隊

465. ***have fun*** 玩得愉快（= *have a good time* = *enjoy oneself*）
　　ball〔bɔl〕*n.* 愉快的時刻　　***have a ball*** 玩得很愉快
　　blast〔blæst〕*n.* 歡樂；滿足　　***have a blast*** 玩得很愉快

□ 466. *I need a minute*.　我需要一會兒。

I need a minute to　我需要一點時間準備準備。
organize myself.

I need a minute to get　我需要一點時間打理打理。
myself together.

□ 467. *These are golden days*.　現在是黃金時代。
They pass by quickly.　很快就會過去了。
Stop and smell the　要放鬆心情，盡情地享受
roses.　生活。

** ─────────────

466 minute〔'mɪnɪt〕*n.* 分鐘；片刻
organize〔'ɔrgən͵aɪz〕*v.* 組織；使（自己）頭腦清楚
organize oneself 做好心理準備
get oneself together 做好心理和實際的準備

467. golden〔'goldn̩〕*adj.* 極好的；寶貴的；很快樂的；很成功的
golden days/years 黃金時代　*pass by* 過去
quickly〔'kwɪklɪ〕*adv.* 很快地　smell〔smɛl〕*v.* 聞
rose〔roz〕*n.* 玫瑰

Stop and smell the roses. 要停下忙碌的腳步，聞聞玫瑰的香
味，也就是要注意身旁平時被忽略的人事物，「要放鬆心情，
盡情地受生活。」也可説成：Don't forget to stop and smell
the roses. （不要忘了要放鬆心情，盡情地享受生活。）或
Don't forget to appreciate the moment. （不要忘了珍惜現
在。）【*the moment* 此刻；現在】

☐ **468.** ***Let's talk later.*** 　　　　　我們待會再談吧。
　　　First things first. 　　　最重要的事優先。
　　　Do what needs to be 　　要做必須做的事。
　　　　done.

☐ **469.** ***Let's go crazy.*** 　　　　　讓我們瘋狂地玩。
　　　Let's raise hell. 　　　　讓我們瘋狂地玩。
　　　Let's wake the dead. 　　讓我們瘋狂地玩。

☐ **470.** ***Let's begin.*** 　　　　　　開始吧。
　　　Let's commence. 　　　　開始吧。
　　　Let's get started. 　　　　我們開始吧。

** ————————————

468. later〔ˈletɚ〕 *adv.* 待會　　first〔fɝst〕 *adj.* 首要的
　　First things first. 是指「最重要的事優先。」最重要的事要先
　　做，其他的事必須等待。

469. go〔go〕 *v.* 變得　　crazy〔ˈkrezɪ〕 *adj.* 瘋狂的
　　go crazy 發瘋　　raise〔rez〕 *v.* 提高；舉起
　　hell〔hɛl〕 *n.* 地獄　　***raise hell*** 引起大騷動；胡鬧
　　wake〔wek〕 *v.* 叫醒　　***the dead*** 死者
　　wake the dead　（噪音）大得煩人
　　raise hell 把地獄抬起來，***wake the dead*** 把死人吵醒，都表示
　　「大吵大鬧」，在此指「瘋狂地玩」。

470. begin〔bɪˈgɪn〕 *v.* 開始　　commence〔kəˈmɛns〕 *v.* 開始
　　get started 開始

14.
娛
樂
活
動

□ **471.** *Join us.*　　　　　　加入我們。

Only if you wish.　　　不要勉強。

No pressure at all.　　　不要有壓力。

□ **472.** *A beautiful day awaits.*　　美好的一天正等待著我們。

The weather is in our favor.　　天氣對我們有利。

Let's have a productive day.　　讓我們擁有非常有效率的一天。

□ **473.** *Let's delay it.*　　　我們延期吧。

Let's postpone it.　　延期吧。

Let's put it off.　　我建議延期。

＊＊───────────────

471. join〔dʒɔɪn〕*v.* 加入；和（某人）做同樣的事
only if 只有當…才　　wish〔wɪʃ〕*v.* 想要
Only if you wish. 字面的意思是「只有當你想要的時候。」
　　引申為「不要勉強。」
pressure〔'prɛʃɚ〕*n.* 壓力　　*no…at all* 一點也沒有
No pressure at all. 源自 There is no pressure at all.

472. await〔ə'wet〕*v.* 等待　　weather〔'wɛðɚ〕*n.* 天氣
favor〔'fevɚ〕*n.* 偏愛；支持　　*in one's favor* 對某人有利
productive〔prə'dʌktɪv〕*adj.* 多產的；富有成效的

473. delay〔dɪ'le〕*v.* 延期　　postpone〔post'pon〕*v.* 延期
put off 延期

15. 祝賀他人
Giving Congratulations

用手機掃瞄聽錄音

□ **474.** ***Happy birthday!*** | 生日快樂！
Congratulations! | 恭喜！
We wish you all the best! | 我們祝你一切順利！

□ **475.** ***Travel safe.*** | 旅途平安。
Come home safely. | 要安全地回家。
Come back in one piece. | 要平安地回來。

□ **476.** ***I have a hunch.*** | 我有一種直覺。
I have a feeling. | 我有一種預感。
You will make it big. | 你會飛黃騰達。

**————————————

474. congratulations〔kənˌgrætʃʊˈleʃənz〕*n. pl.* 恭喜
wish〔wɪʃ〕*v.* 祝（某人）…
wish you all the best 祝你一切順利；祝你萬事如意

475. travel〔ˈtrævl̩〕*v.* 旅行　　safe〔sef〕*adv.* 安全地
safely〔ˈseflɪ〕*adv.* 安全地　　piece〔pis〕*n.* 片；塊；個
in one piece 完整地；安然無恙地

476. hunch〔hʌntʃ〕*n.* 預感；直覺　　feeling〔ˈfilɪŋ〕*n.* 感覺；預感
make it big 獲得巨大成功；飛黃騰達

□ **477.** *Sleep well.* 　　　　　　好好睡。

　　Sleep tight. 　　　　　　　好好睡。

　　Get a good night's sleep. 　要有一夜好眠。

□ **478.** *I wish you luck.* 　　　我祝你好運。

　　I'll cross my fingers. 　　　我會祈求好運。

　　Knock on wood. 　　　　　我會祈求好運。

　【祝別人好運，要說這三句話】

□ **479.** *You'll be OK.* 　　　　你會沒事的。

　　Trust me, I know. 　　　　相信我，我知道。

　　You have nothing to 　　　你沒什麼好擔心的。
　　　worry about.

cross one's fingers

** ─────────────────

477. tight〔taɪt〕*adv.* 充分地　　***sleep tight*** 酣睡

478. cross〔krɔs〕*v.* 使交叉

　cross one's fingers　（爲避災難等而）將中指彎曲重疊在食指上；
　祈求好運　　knock〔nɑk〕*v.* 敲　　wood〔wʊd〕*n.* 木頭

　knock on wood　祈求好運【用手碰木頭據說可以避邪，帶來好運與
　　平安，因此，當提到某件不好的事絕不會在自己身上發生時，又不
　　願如此誇口一語成讖招來厄運，人們通常會在講 knock on wood 的
　　同時敲敲木頭，以避免厄運眞的發生】

479. trust〔trʌst〕*v.* 信任；相信

　Trust me 後常接逗點，再接另一句話，中間省略連接詞。

　worry about　擔心

□ **480.** ***Bless you.***   願上帝祝福你。

     God be with you.   願上帝與你同在。

     I wish you well.   我祝你一切順利。

□ **481.** ***Good luck.***   祝你好運。

     Best wishes.   獻上最誠摯的祝福。

     I wish you all the best.   我祝你萬事如意。

     【祝福別人的萬用語，必背】

□ **482.** ***Happy Mother's Day!***   母親節快樂！

     We owe you everything.   我們的一切都要歸功於您。

     We are thankful and   我們永遠心存感激。

          grateful.

**──────────

480. bless〔blɛs〕v. 祝福　　***Bless you.*** = God bless you.

God be with you. = May God be with you.

wish〔wɪʃ〕v. 祝；願　　well〔wɛl〕adj. 健康的；安好的

I wish you well. 也可說成：I hope you are well in the future.

（我希望你未來順利。）或 I hope things go well for you.

（我希望你一切順利。）

481. luck〔lʌk〕n. 運氣；好運　　wishes〔'wɪʃɪz〕n. pl. 祝福

482. ***Mother's Day*** 母親節　　owe〔o〕v. 欠；把…歸功於

owe sb. sth. 把某事歸功於某人（ = ***owe sth. to sb.***）

thankful〔'θæŋkfəl〕adj. 感謝的

grateful〔'gretfəl〕adj. 感激的

□ 483. *Peace.* 　　　　　　　　　我祝你內心平靜。

Be happy. 　　　　　　　　要快樂。

Stay healthy. 　　　　　　要保持健康。

【道別的時候，可說這三句話】

□ 484. *I can sense it.* 　　　　　我可以感覺到。

I can feel it. 　　　　　　我可以感覺到。

Great things are waiting 　　很棒的事情正在等待著

for you. 　　　　　　　你。

□ 485. *Happy Dragon Boat* 　　　端午節快樂！

Festival!

Eat rice dumplings! 　　　吃粽子！

Watch dragon boat races! 　看龍舟競賽！

** ——————————

483. peace〔pis〕*n.* 平靜；安心；平安

Peace. 在此等於 I wish you peace.

stay〔ste〕*v.* 保持　　healthy〔'hɛlθɪ〕*adj.* 健康的

484. sense〔sɛns〕*v.* 感覺到；察覺　　feel〔fil〕*v.* 感覺到

great〔gret〕*adj.* 很棒的　　*wait for* 等待

485. dragon〔'drægən〕*n.* 龍　　*dragon boat* 龍舟

festival〔'fɛstəvḷ〕*n.* 節日；節慶

rice〔raɪs〕*n.* 米；飯　　dumpling〔'dʌmplɪŋ〕*n.* 肉餡湯糰

rice dumpling 粽子　　race〔res〕*n.* 比賽

16. 給予勸告
Giving Advice

用手機掃瞄聽錄音

□ 486. ***Pace yourself***.　　　　　要調整你的步調。
Don't overdo it.　　　　　不要工作過度。
Don't work too hard.　　　不要太拼命工作。

□ 487. ***Forget the past***.　　　　忘了過去。
Focus on the future.　　　專注於未來。
Follow your dreams.　　　追求你的夢想。

□ 488. ***Memorize English***.　　　要背英文。
Recite and repeat.　　　　要背誦並重複地唸。
Learn it by heart.　　　　要把它背下來。

———————————

486. pace〔pes〕v. 為…調整步調　　overdo〔'ovɚ'du〕v. 做得過火
overdo it 做得過火；工作過度　　hard〔hɑrd〕adv. 努力地
487. forget〔fɚ'gɛt〕v. 忘記　　past〔pæst〕n. 過去
focus〔'fokəs〕v. 聚焦；集中　　***focus on*** 專注於
future〔'fjutʃɚ〕n. 未來　　follow〔'falo〕v. 追逐；追求
488. memorize〔'mɛmə,raɪz〕v. 背誦；記憶
recite〔rɪ'saɪt〕v. 背誦；朗誦
repeat〔rɪ'pit〕v. 重複；重複地說
learn…by heart 背誦（= *commit…to memory* = *memorize*）

16.
給予勸告

□ **489.** ***Be a good talker.***　　要做一個很會說話的人。

Be well-spoken.　　要談吐文雅。

Have a nice vocabulary.　　要有好的詞彙。

□ **490.** ***Keep up with new tech.***　　要跟得上新科技。

Be up to date.　　要知道最新訊息。

Don't be out of date.　　不要落伍。

□ **491.** ***Make the first move.***　　要走出第一步。

Take the first step.　　要踏出第一步。

Get your foot in the
door.　　要邁出成功的第一步。

＊＊────────

489. talker〔'tɔkɚ〕*n.* 說話者　　***a good talker*** 很會說話的人

well-spoken〔'wɛl'spokən〕*adj.* 善於辭令的；談吐文雅的

vocabulary〔və'kæbjə‚lɛrɪ〕*n.* 字彙；詞彙

490. ***keep up with*** 趕得上；不斷獲知（某事的情況）

tech〔tɛk〕*n.* 科技（= *technology*）

up to date 得知最新訊息的（= *up-to-date*）

out of date 過時的；落伍

491. move〔muv〕*n.* 移動；動作　　***make the first move*** 走出第一步

step〔stɛp〕*n.* 腳步　　***take the first step*** 踏出第一步

get〔gɛt〕*v.* 使成為（某種狀態）　　foot〔fʊt〕*n.* 腳

get your foot in the door 獲得機會加入（企業或組織）；邁出成
功的第一步

16. 給予勸告

☐ **492.** ***Try to say three***   儘量連續說三句。
        sentences in a row.

It's the only way to   這是學英文唯一的方法。
learn English.

It's the best method I   這是我所知道最好的方法。
know.

☐ **493.** ***Don't be shy***.   不要害羞。

Just give it a try.   試試看。

Open your mouth and   張開嘴巴，把話說出來。
let the words fly.

【勸告朋友不要害羞，就用這三句鼓勵他說話，三句話句尾還
押韻，很好背】

☐ **494.** ***Speak English***.   要說英文。

Talk in English.   要用英文交談。

Use English every day.   要每天使用英文。

** ——————————

492. row〔ro〕*v.*（一）排；（一）列　　***in a row*** 連續地；不斷地
way〔we〕*n.* 方法　　method〔'mɛθəd〕*n.* 方法

493. shy〔ʃaɪ〕*adj.* 害羞的　　***give it a try*** 試試看（= *try it*）
fly 本指「飛」，在此指 come out。

494. speak〔spik〕*v.* 說、使用（語言）
talk〔tɔk〕*v.* 說話；交談【在招牌或標題中，常用 Talk English】
in〔ɪn〕*prep.* 用（語言）　　use〔juz〕*v.* 使用；運用

16.
給
予
勸
告

【 鼓勵別人要格外努力，不要懶惰，就用下面六句話 】

□ 495. *Go the extra mile*.　　要特別努力。
Go the extra distance.　　要格外努力。
Always do more.　　一定要多做一點。

□ 496. *Don't be lazy*.　　不要懶惰。
Don't be a loafer.　　不要遊手好閒。
Don't be good for　　不要毫無用處。
　　nothing.

□ 497. *Don't panic*.　　不要恐慌。
Keep your cool.　　要保持冷靜。
Don't lose your head.　　不要慌張。

** ——————————————

495. extra〔ˈɛkstrə〕*adj.* 額外的；特別的　　mile〔maɪl〕*n.* 英哩
distance〔ˈdɪstəns〕*n.* 距離　　always〔ˈɔlwez〕*adv.* 總是；一直
Go the extra mile. 與 *Go the extra distance*. 是比喻「作額外的
努力。」是固定用法，不可說成 *Go an extra mile*.【誤】或
Go an extra distance.【誤】

496. loafer〔ˈlofɚ〕*n.* 遊蕩者；虛度光陰者；遊手好閒者【loaf〔lof〕*n.*
一條（麵包）　*v.* 閒混；虛度光陰】
good for nothing 毫無用處；一事無成（ = *not helpful or useful*）

497. panic〔ˈpænɪk〕*v.* 恐慌　　cool〔kul〕*n.* 冷靜；鎮靜
keep one's cool 保持冷靜　　lose〔luz〕*v.* 失去
head〔hɛd〕*n.* 冷靜；鎮靜　　*lose one's head* 慌張；不知所措

16. 給予勸告

【提醒別人注意路面濕滑，可說下面六句話】

☐ 498. ***It's wet.***　　　　　　地是濕的。

　　　　It's slippery.　　　　地面是滑的。

　　　　Don't break your neck.　不要折斷頸骨致死；不要滑

　　　　【第三句是誇張的説法】　倒受傷。

☐ 499. ***Watch your step.***　　走路小心。

　　　　Don't fall.　　　　　　不要跌倒。

　　　　Don't slip.　　　　　　不要滑倒。

slip

☐ 500. ***Life is a challenge.***　　人生是一項挑戰。

　　　　Face it.　　　　　　　要面對它。

　　　　Embrace it.　　　　　要欣然接受它。

** ――――――――――――

498. wet〔wɛt〕*adj.* 濕的　　***It's wet.*** 在此指 The ground is wet.

slippery〔'slɪpərɪ〕*adj.* 滑的

It's slippery. 在此指 The surface is slippery.【surface〔'sɝfɪs〕

n. 表面】　　break〔brek〕*v.* 折斷　　neck〔nɛk〕*n.* 脖子

break *one's* ***neck*** （做危險的事）折斷頸骨致死

Don't break your neck. 也可説成：Don't get hurt.（不要受

傷。）Don't fall down.（不要跌倒。）

499. watch〔watʃ〕*v.* 注意；當心　　step〔stɛp〕*n.* 腳步

watch *one's* ***step*** 走路小心（= *mind your step*）

fall〔fɔl〕*v.* 跌倒　　slip〔slɪp〕*v.* 滑倒

500. challenge〔'tʃælɪndʒ〕*n.* 挑戰　　face〔fes〕*v.* 面對

embrace〔ɪm'bres〕*v.* 擁抱；欣然接受

16.
給
予
勸
告

☐ **501.** *Try everything.*　　　　　要嘗試每件事。

　　 Make every effort.　　　　要盡最大的努力。

　　 Leave no stone unturned.　要竭盡全力。

☐ **502.** *Let's play it by ear.*　　我們隨機應變吧。

　　 Wait and see.　　　　　　靜觀其變。

　　 Decide later.　　　　　　待會再決定。

☐ **503.** *Have quality friends.*　　要有優質的朋友。

　　 Hang with good people.　要和好人在一起。

　　 A man is known by the　【諺】觀其友，知其人。
　　　 company he keeps.

　　【近朱者赤，結交好人當朋友很重要】

**────────────

501. effort〔ˈɛfət〕*n.* 努力　　　***make an effort*** 努力
　　make every effort 盡最大的努力；竭盡全力
　　leave〔liv〕*v.* 使處於（某種狀態）
　　unturned〔ʌnˈtɜnd〕*adj.* 沒有翻轉的
　　leave no stone unturned 不遺餘力；竭盡全力

502. ***play it by ear*** 隨機應變　　***wait and see*** 靜觀其變；等著瞧
　　decide〔dɪˈsaɪd〕*v.* 決定　　later〔ˈletə〕*adv.* 待會

503. quality〔ˈkwɑlətɪ〕*adj.* 高品質的；優質的
　　hang〔hæŋ〕*v.* 閒蕩（= *hang out*）
　　company〔ˈkʌmpənɪ〕*n.* 朋友【不可數名詞】
　　keep〔kip〕*v.* 結交

□ **504.** *Be loyal*.   要忠實。

Be reliable.   要可靠。

Don't be a fair-weather   不要當酒肉朋友。
friend.

□ **505.** *Be brave*.   要勇敢。

Be bold.   要大膽。

Never be afraid to fail.   絕不要害怕失敗。

□ **506.** *Let's decide later*.   我們待會再決定。

Let's change the time.   我們改時間吧。

Let's wait to make our   我們以後再決定吧。
decision.

**————

504. loyal〔ˈlɔɪəl〕*adj.* 忠實的

reliable〔rɪˈlaɪəbl̩〕*adj.* 可靠的;可信賴的

fair〔fɛr〕*adj.* (天空) 晴朗的;好天氣的

weather〔ˈwɛðɚ〕*n.* 天氣   *fair weather* 晴天

fair-weather friend 酒肉朋友;不能共患難的朋友

505. brave〔brev〕*adj.* 勇敢的   bold〔bold〕*adj.* 大膽的

afraid〔əˈfred〕*adj.* 害怕的   fail〔fel〕*v.* 失敗

506. decision〔dɪˈsɪʒən〕*n.* 決定   *make one's decision* 做決定

可再補充一句:Let's cross that bridge when we come to it.
(到時候再說。) 源自諺語:Don't cross a bridge till you
come to it. (船到橋頭自然直。)

□ 507. *Stick with me.* | 跟著我。
Follow me. | 跟著我。
The best is yet to come. | 最好的事終將來到。

□ 508. *Get organized.* | 要有條理。
Get all your affairs in order. | 要使你所有的事情都井然有序。
Get your ducks in a row. | 要把事情安排得井井有條。

□ 509. *Be the best!* | 要成為最好的！
Be on top! | 要領先！
Be second to none! | 要成為最好的！

** ─────────────

507. *stick with* 跟著（ = *stay with* = *hang with* ）
follow〔'falo〕*v.* 跟隨　　yet〔jɛt〕*adv.* 總有一天；遲早

508. get〔gɛt〕*v.* 變得（ = *become* ）；使
organized〔'ɔrgən,aɪzd〕*adj.* 有組織的；有條理的
affair〔ə'fɛr〕*n.* 事情
order〔'ɔrdɚ〕*n.* 次序；整齊；有條理
in order 井然有序；整齊
duck〔dʌk〕*n.* 鴨子　row〔ro〕*n.* 一排
get your ducks in a row 把事情安排得井井有條

in order

509. top〔tɑp〕*n.* 頂端　　*on top* 處於掌控地位；領先
second to none 不亞於任何人；最好的；首屈一指的

16.

給予勸告

【鼓勵他人努力積極，不要退縮】

□ **510.** ***Do it right now!***   現在就做！

     Right away!   立刻！

     As soon as possible!   儘快！

□ **511.** ***Take the initiative.***   要採取主動。

     Be willing to take action.   要願意採取行動。

     Be an eager beaver.   要做一個非常認真的人。

□ **512.** ***Don't back out.***   不要打退堂鼓。

     Don't chicken out.   不要臨陣退縮。

     Don't get cold feet.   不要臨陣退縮。

** ——————————

510. ***right now*** 現在   ***right away*** 立刻（= *at once*）

as…as possible 儘可能   ***as soon as possible*** 儘快（= *ASAP*）

511. initiative〔ɪˋnɪʃɪˏetɪv〕*n.* 主動權   ***take the initiative*** 採取主動

willing〔ˋwɪlɪŋ〕*adj.* 願意的

action〔ˋækʃən〕*n.* 行動

take action 採取行動

eager〔ˋigɚ〕*adj.* 渴望的；熱心的；熱中的

beaver〔ˋbivɚ〕*n.* 海狸；工作勤奮的人

beaver

eager beaver 做事非常認真的人（= *someone who is extremely enthusiastic and enjoys working extremely hard*）

512. ***back out*** 退出；打退堂鼓

chicken out 臨陣退縮；因害怕而決定不做某事

feet〔fit〕*n. pl.* 腳   ***get cold feet*** 臨陣退縮；膽怯

16.
給予勸告

□ 513. *Never stop working*. 絕不要停止努力。
　　 Don't stop till you drop. 直到倒下才能停止。
　　 There is no finish line 人生沒有終點線。
　　　 in life.

□ 514. *Do or die*. 要孤注一擲。
　　 All or nothing. 要全力以赴。
　　 Give it everything. 要盡全力。

□ 515. *Face the facts*. 要面對事實。
　　 Face the music. 要面對現實。
　　 Don't bury your head in 不要逃避現實；不要採
　　　 the sand. 取駝鳥政策。

** ──────────────

513. till〔tɪl〕*conj.* 直到　　*not…till* 直到～才…
　　 drop〔drɑp〕*v.* 累倒；倒下　　*finish line* 終點線
514. *do or die* 拼死一搏；孤注一擲
　　 all or nothing （指行動過程）需竭盡全力；全力以赴
　　 give it everything 付出一切；盡全力
515. face〔fes〕*v.* 面對　　fact〔fækt〕*n.* 事實
　　 face the music 面對現實；承擔自己行爲的後果
　　 bury〔'bɛrɪ〕*v.* 埋；埋葬

bury one's head
in the sand

　　 sand〔sænd〕*n.* 沙子
　　 bury one's head in the sand 逃避現實；假裝看不見；採取駝鳥
　　 政策【傳說駝鳥（ostrich）遇敵追襲時，會只把頭藏入沙中】

16. 給予勸告

□ 516. ***Image is everything***. 形象是一切。
Stay fit and look healthy. 你要保持健康，看起來健康。

People judge you by your appearance. 人們以你的外表來判斷你。

□ 517. ***Be a role model***. 要做一個模範。
Set a good example. 要樹立好的榜樣。
Make others look up to you. 要讓別人尊敬你。

□ 518. ***Keep going!*** 持續前進！
Keep moving forward! 持續前進！
Hang in there! 要堅持下去！

**
516. image〔'ɪmɪdʒ〕*n.* 形象　stay〔ste〕*v.* 保持
fit〔fɪt〕*adj.* 健康的　judge〔dʒʌdʒ〕*v.* 判斷
appearance〔ə'pɪrəns〕*n.* 外表
517. role〔rol〕*n.* 角色　model〔'madl̩〕*n.* 模範；榜樣
role model 模範；榜樣　set〔sɛt〕*v.* 樹立（榜樣）
example〔ɪg'zæmpl̩〕*n.* 榜樣；模範
make〔mek〕*v.* 使；讓　***look up to*** 尊敬
518. keep〔kip〕*v.* 持續　go〔go〕*v.* 移動；前進
move〔muv〕*v.* 移動；前進　forward〔'fɔrwəd〕*adv.* 向前
hang in there 堅忍不拔；堅持下去；撐下去

16.
給予勸告

□ **519.** *Family first.* 　家人第一。

Be faithful to family. 　要忠於家人。

Be loyal to loved ones. 　要對你的親人忠實。

□ **520.** *Get up early.* 　要早起。

It's good for your skin. 　這對你的皮膚有益。

It'll help your figure. 　這對你的身材會有幫助。

□ **521.** *Have patience.* 　要有耐心。

Time is on your side. 　你有充裕的時間。

Sooner or later, you'll 　你遲早會成功。

succeed.

＊＊————————————

519. family〔'fæməlɪ〕*n.* 家人　　first〔fɝst〕*adj.* 第一的；最優先的

　　Family first. (家人第一。) 也就是「家人是最重要的。」

　　(= *The most important thing is family.*)

　　faithful〔'feθfəl〕*adj.* 忠實的　　loyal〔'lɔɪəl〕*adj.* 忠實的

　　loved〔lʌvd〕*adj.* 親愛的；珍愛的　　*loved ones* 親人

520. *get up* 起床　　skin〔skɪn〕*n.* 皮膚　　figure〔'fɪgjɚ〕*n.* 身材

521. patience〔'peʃəns〕*n.* 耐心　　side〔saɪd〕*n.* 邊

　　be on one's *side* 在某人這邊；對某人有利；支持某人

　　Time is on your side. 你有充裕的時間；你有的是時間，不用太

　　著急。(= *You don't have to do quickly whatever it is that you*

　　want or have to do.)

　　sooner or later 遲早　　succeed〔sək'sid〕*v.* 成功

16.
給予勸告

□ 522. ***Get there early.***   早點去那裡。

       Arrive before others.   要比別人早到。

       The early bird gets the   【諺】早起的鳥兒有蟲

       worm.   吃。

□ 523. ***Go all out.***   要全力以赴。

       Go full speed ahead.   要全速前進。

       There is no time to waste.   沒有時間可以浪費。

□ 524. ***Carpe diem.***   要把握時機。

       Seize the day.   要把握時機。

       Never miss a good   絕不要錯過大好的機會。

       chance.

** ————————————

522. get〔gɛt〕v. 到達；得到

     arrive〔ə'raɪv〕v. 到達   worm〔wɝm〕n. 蟲

     The early bird gets the worm.

       = The early bird catches the worm.

523. ***go all out*** 全力以赴   full〔fʊl〕adj. 完全的

     speed〔spid〕n. 速度   ahead〔ə'hɛd〕adv. 往前

     full speed ahead 全速前進；竭盡全力   waste〔west〕v. 浪費

524. carpe diem〔'kɑrpe 'diəm〕【拉丁文】及時行樂；把握時機

     (= *seize the day*)   seize〔siz〕v. 抓住

     seize the day 把握時機 (= *make the most of the present moment*)

     miss〔mɪs〕v. 錯過   chance〔tʃæns〕n. 機會

early bird

16.
給予勸告

□ 525. ***Call your family often.*** 　要常常打電話給你的家人。
Get along with all 　要和所有的親戚和睦相處。
relatives.
Blood is thicker than 　【諺】血濃於水；疏不間親。
water.

□ 526. ***Listen to me.*** 　注意聽我說。
Hear what I say. 　聽我說。
Take my advice. 　聽從我的勸告。

□ 527. ***Don't sleep late.*** 　不要睡到很晚才起床。
You'll tire out easily. 　你會很容易累。
You'll often get sick. 　你會常生病。

** ————————————————

525. ***get along with*** 和…和睦相處　　relative〔ˈrɛlətɪv〕*n.* 親戚
blood〔blʌd〕*n.* 血　　thick〔θɪk〕*adj.* 濃的
Blood is thicker than water. 是一句諺語，即中文的「血濃於
水；疏不間親。」表示親屬關係最強而有力，一家人畢竟是
一家人，比起朋友，更信任親戚，不管怎樣，都會支持有
血緣關係的親人。

526. ***listen to*** 傾聽；注意聽　　take〔tek〕*v.* 接受；聽從
advice〔ədˈvaɪs〕*n.* 勸告；建議

527. ***sleep late*** 睡到很晚才起床【注意：sleep late 是「睡得很晚」，不是
很晚才睡，不要記錯了】
tire out 很疲勞（= *become tired*）　　***get sick*** 生病

□ **528.** *You have to choose.* 你必須選擇。

　　 Make up your mind. 你要下定決心。

　　 You can't sit on the 你不能抱持觀望的態度。
　　 fence.

□ **529.** *Keep your word.* 要遵守諾言。

　　 Stick by your word. 要信守諾言。

　　 Remember your 要記得你的承諾。
　　 promise.

□ **530.** *That's just lip service.* 那只是空口的應酬話。

　　 Just empty words. 只是空話。

　　 All talk, no action. 光說不練。

** ————————————

528. choose〔tʃuz〕*v.* 選擇　　***make up** one's **mind*** 決定；下定決心
　　fence〔fɛns〕*n.* 籬笆；圍牆
　　sit on the fence 騎牆；持觀望態度

529. one's ***word*** 諾言　　***keep** one's **word*** 信守諾言
　　stick by 信守（諾言）　　promise〔'prɑmɪs〕*n.* 承諾

530. lip〔lɪp〕*n.* 嘴唇　 *adj.* 只是口說的
　　service〔'sɝvɪs〕*n.* 服務　　***lip service*** 空口的應酬話
　　empty〔'ɛmptɪ〕*adj.* 空虛的；無意義的
　　empty words 空話　　action〔'ækʃən〕*n.* 行動
　　All talk, no action. 光說不練。

16.
給予勸告

□ **531.** *Follow the law.*　　　　要遵守法律。

Never break the law.　　　絕不要違反法律。

Always do the right　　　一定要做正確的事。
thing.

□ **532.** *Don't waste your time.*　不要浪費時間。

You can't change　　　你不可能改變任何事。
anything.

Don't beat a dead horse.　不要白費力氣。

□ **533.** *Don't get down.*　　　不要沮喪。

Don't get discouraged.　　不要氣餒。

Keep fighting the good　　要持續地打美好的一仗。
fight.

＊＊────────────────

531. follow〔'falo〕*v.* 遵守　　　law〔lɔ〕*n.* 法律

never〔'nɛvɚ〕*adv.* 絕不　　break〔brek〕*v.* 違反

532. waste〔west〕*v.* 浪費

change〔tʃendʒ〕*v.* 改變　　beat〔bit〕*v.* 打

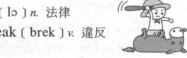
beat a dead horse

beat a dead horse 白費力氣【源自「鞭打死馬，枉費心力」之意】

533. get〔gɛt〕*v.* 變得　　down〔daʊn〕*adj.* 沮喪的

get down 沮喪　　discouraged〔dɪs'kɝɪdʒd〕*adj.* 氣餒的

keep〔kip〕*v.* 持續　　fight〔faɪt〕*v.* 打（仗）　*n.* 打仗；戰鬥

fight the good fight 要打美好的一仗【這個片語出自聖經，可引申
為「要為自己堅守的信念而戰」】

**16.
給
予
勸
告**

☐ **534.** ***Forgive and forget.***　　　　　　【諺】既往不咎。

Let bygones be　　　　　　【諺】過去的事就讓它過去。
　　bygones.

Hold out an olive　　　　　　要提議和解。
　　branch.

☐ **535.** ***Be determined.***　　　　　　要有決心。

The tide will turn.　　　　　形勢會轉變。

Your day will come.　　　　　你會飛黃騰達。

☐ **536.** ***Be a go-getter.***　　　　　　要做一個積極能幹的人。

A doer.　　　　　　　要做一個行動家。

A mover and shaker.　　　　要做一個有影響力的人。

** ———————————————————

534. forgive〔fɚˋgɪv〕*v.* 原諒　　forget〔fɚˋgɛt〕*v.* 忘記
bygones〔ˋbaɪ͵gɔnz〕*n. pl.* 過去的事　　***hold out*** 伸出
olive〔ˋɑlɪv〕*n.* 橄欖；橄欖樹　　branch〔bræntʃ〕*n.* 樹枝
hold out an olive branch 提議和解【字面的
　　意思是「伸出橄欖枝」，即主動表達和解的願望】

535. determined〔dɪˋtɝmɪnd〕*adj.* 有決心的
tide〔taɪd〕*n.* 潮流；形勢　　turn〔tɝn〕*v.* 轉變
one's day （某人）飛黃騰達的時候；全盛時期

536. go-getter〔ˋgoˋgɛtɚ〕*n.* 積極能幹的人
doer〔ˋduɚ〕*n.* 行動家；實踐者
mover and shaker 有權勢的人；有影響力的人；具有號召力的人物

hold out
an olive branch

□ 537. *Give everything*. | 要付出一切。
Give heart and soul. | 要全心全意地付出。
Give blood, sweat and | 要付出熱血、汗水，和眼
　　tears. | 淚。

□ 538. *Live to give*. | 活著就要付出。
Give till it hurts. | 要付出到令人心痛的程度。
Always be of service. | 一定要幫助別人。

□ 539. *Your health is precious*. | 你的健康很珍貴。
You can't buy good | 你無法買到良好的健康。
　　health. |
Health is more | 健康重於財富。
　　important than wealth. |

** ——————————————

537. heart〔hɑrt〕*n.* 心　　soul〔sol〕*n.* 靈魂
heart and soul 完全地；全心全意地　　blood〔blʌd〕*n.* 血
sweat〔swɛt〕*n.* 汗　　tear〔tɪr〕*n.* 眼淚

538. *Live to give.* 源自 To live is to give.
till〔tɪl〕*conj.* 直到　　hurt〔hɝt〕*v.* 感到疼痛；傷心
service〔'sɝvɪs〕*n.* 服務；有用；效勞；幫助
be of service 有用；有幫助

539. health〔hɛlθ〕*n.* 健康　　precious〔'prɛʃəs〕*adj.* 珍貴的
wealth〔wɛlθ〕*n.* 財富

□ **540.** *Keep learning*.　　　　要持續學習。

　　Continue learning.　　　要繼續學習。

　　Make learning your　　　要讓學習成為你生活的一

　　　life.　　　　　　　　　部份。

□ **541.** *Look ahead*.　　　　　向前看。

　　Don't look back.　　　　不要回頭看。

　　Don't dwell on the past.　不要懷念過去。

□ **542.** *Deal with it*.　　　　　要處理它。

　　Handle it.　　　　　　　要處理它。

　　Take care of it.　　　　要處理它。

** ───────────────

540. keep〔kip〕v. 持續　　continue〔kən'tɪnju〕v. 繼續

　　　one's life 生存的意義；生命般寶貴的事物

　　　Make learning your life. 也可說成：Make learning a big

　　　　part of your life.（要讓學習成為你生活中很重要的一部份。）

　　　　或 Make learning an everyday habit.（要讓學習成為你日常

　　　　的習慣。）

541. ahead〔ə'hɛd〕adv. 向前

　　　look ahead 向前看（= *look forward*）

　　　look back 向後看；回顧　　*dwell on* 懷念；老是想著

　　　past〔pæst〕n. 過去

542. *deal with* 應付；處理　　handle〔'hændl̩〕v. 處理

　　　take care of 照顧；處理

16.
給
予
勸
告

【 勸人要注意姿勢、抬頭挺胸、昂首闊步，可用下列三組 】

☐ **543.** *Head up*.   抬頭。
Shoulders back.   挺胸。
Have good posture.   要有良好的姿勢。

☐ **544.** *Eyes forward*.   向前看。
Sit up straight.   要坐直。
Stand up straight.   要站直。

☐ **545.** *Walk tall*.   要昂首闊步。
Swing your arms.   擺動你的手臂。
Show your confidence.   展現你的自信。

☐ **546.** *Heads up!*   要注意！
Watch out!   要小心！
Watch your step!   要小心你的腳步！

**────────────────

543. shoulders〔`ˋʃoldɚz`〕 *n. pl.* 肩膀
posture〔`ˋpɑstʃɚ`〕 *n.* 姿勢；姿態
544. forward〔`ˋforwɚd`〕 *adv.* 向前   *sit up* 坐直
straight〔`stret`〕 *adv.* 直直地
545. tall〔`tɔl`〕 *adv.* 趾高氣昂地   *walk tall* 昂首闊步
swing〔`swɪŋ`〕 *v.* 擺動   arm〔`ɑrm`〕 *n.* 手臂
show〔`ʃo`〕 *v.* 展現   confidence〔`ˋkɑnfədəns`〕 *n.* 自信
546. *heads up* 注意   watch〔`watʃ`〕 *v.* 注意；留意
watch out 小心   step〔`stɛp`〕 *n.* 腳步

sit up

16.
給予勸告

□ **547.** ***Blaze a trail!***　　要做開路先鋒！
　　　　Break new ground!　　要開拓新天地！
　　　　Do something that's　　要做以前沒有人做過的事。
　　　　never been done
　　　　before.

□ **548.** ***You can sink or swim.***　　你的成敗全靠你自己。
　　　　The ball is in your　　由你決定。
　　　　court.
　　　　The future is yours to　　未來成功或失敗由你來決
　　　　make or break.　　定。

【成敗操之在己，這三句話非常精采】

＊＊────────────────

547. blaze〔blez〕v.（在樹木上）刻記號以指（路）
　　trail〔trel〕n. 小徑；小路
　　blaze a trail 刻記號於森林中的樹皮，以標示道路；做開路先鋒
　　break〔brek〕v. 開闢（道路）；開墾（土地）；開拓（新領域）；
　　　打開（局面）　　ground〔graʊnd〕n. 地面；土地
　　break new ground 開拓新天地；打開新局面
548. sink〔sɪŋk〕v. 下沈【在此引申為「失敗」】
　　swim〔swɪm〕v. 游泳【在此表示「成功」】
　　court〔kort〕n. 球場
　　The ball is in your court. 球在你的球場上，表示輪到你了，
　　　「由你來決定。」
　　future〔'fjutʃɚ〕n. 未來　　***make or break*** 使成功或失敗

16.
給
予
勸
告

□ 549. *Leave nothing to chance.* 　不要心存僥倖。

Look before you leap. 　【諺】要三思而行。

One step at a time. 　做事要一步一步來。

□ 550. *Don't be a rolling stone.* 　不要跑來跑去。

Don't be a stick in the 　不要老是待在一個地方
　　mud. 　不動。

Find a happy medium. 　要找一個折衷的辦法。

【一直跑來跑去，或一直待在同一個地方，都不好，所以要折衷】

＊＊───────────

549. chance〔tʃæns〕*n.* 機會；偶然；巧合；運氣

leave nothing to chance 不心存僥倖（= *prepare for everything possible*） leap〔lip〕*v.* 跳

Look before you leap. 是諺語，跳之前先看一下，引申為「三思而行。」 step〔stɛp〕*n.* 一步 *at a time* 一次

one step at a time 一步一步地；做事要一步一步來；紮紮實實地
One step at a time. 源自 Do things one step at a time.

550. roll〔rol〕*v.* 滾動

rolling stone 無固定住所或職業的人，源自諺語：A rolling stone gathers no moss.（滾石不生苔；轉業不聚財。）

stick〔stɪk〕*n.* 棍子 mud〔mʌd〕*n.* 泥巴

a stick in the mud 喜歡待在一個地方的人

happy〔'hæpɪ〕*adj.* 令人愉快的

medium〔'midɪəm〕*n.* 中間；中庸

happy medium 妥協之道；折衷辦法【不可只說 medium】

16.
給予勸告

□ 551. *It takes time.* | 這需要時間。
It won't happen overnight. | 這不會一夜之間就發生。
Rome wasn't built in a day. | 【諺】羅馬不是一天造成的。

□ 552. *Life has ups and downs.* | 人生起起伏伏。
There are wins and defeats. | 有勝利和失敗。
Take the good with the bad. | 好的和壞的都要接受。

□ 553. *Hang in there.* | 要堅持下去。
I know you can do it. | 我知道你做得到。
Don't give up the ship! | 不要洩氣！

**───────────

551. take〔tek〕*v.* 需要　　happen〔'hæpən〕*v.* 發生
overnight〔'ovɚ'naɪt〕*adv.* 一夜之間；突然
Rome〔rom〕*n.* 羅馬

552. *ups and downs* 起伏；盛衰　　win〔wɪn〕*n.* 勝利；贏
defeat〔dɪ'fit〕*n.* 打敗；失敗　　*wins and defeats* 勝利和失敗
take the good with the bad 好的和壞的都要接受

553. *hang in there* 不氣餒；堅持下去　　*give up* 放棄
give up the ship 字面意思是「棄船」，也就是「放棄戰鬥；停止
努力；洩氣」之意。

16.
給予勸告

□ 554. ***Home is best.***
Home is where the
    heart is.
There is no place like
    home.

家是最好的。
家是心之所在。

沒有一個地方比家更溫
暖。

□ 555. ***Spend time with friends.***
Hang out with family.
The best things in life
    are free.

要花時間和朋友相處。
要和家人一起玩。

人生中最好的事物都是免
費的。

□ 556. ***Start over.***
Begin again.
Back to square one.

重來一遍。
重新開始。
從頭開始。

square one

＊＊────────────────

554. heart〔hɑrt〕*n.* 心
   There is no place like home. 源自諺語：Be it ever so humble,
     there is no place like home. 【諺】家雖簡陋，但沒有一個地方
     比家更溫暖；在家千日好，出門事事難。
555. spend〔spɛnd〕*v.* 花費；度過　　***hang out*** 閒晃
   hang out with 和…一起玩　　free〔fri〕*adj.* 免費的
556. ***start over*** 重新開始；重來一遍
   square〔skwɛr〕*n.* 正方形
   back to square one 退回起點；從頭開始【square one 是指棋盤
     遊戲中的第一格，也就是「起點」】

16. 給予勸告

□ 557. *Early to bed*.　　　　　要早睡。
　　　Early to rise.　　　　　要早起。
　　　Be healthy, wealthy,　　要健康、有錢，又聰明！
　　　　and wise!

□ 558. *Exercise daily*.　　　　要每天運動。
　　　Work up a sweat.　　　出出汗。
　　　Work out for thirty　　要運動三十分鐘。
　　　　minutes.

□ 559. *Be silly*.　　　　　　要愚蠢。
　　　Be funny.　　　　　　要好笑。
　　　Be a little wild.　　　　要有一點瘋狂。

** ————————————

557. rise〔raɪz〕v. 起床　　healthy〔'hɛlθɪ〕adj. 健康的
　　wealthy〔'wɛlθɪ〕adj. 有錢的　　wise〔waɪz〕adj. 聰明的
　　這三句話源自諺語：Early to bed and early to rise makes a
　　　man healthy, wealthy, and wise. (早睡早起使人健康、有
　　　錢，又聰明。)
558. daily〔'delɪ〕adv. 每天 (= *every day*)
　　work up 激發；激起　　sweat〔swɛt〕n. 汗；流汗
　　work up a sweat 出一身汗；因運動而流汗
　　work out 運動 (= *exercise*)
558. silly〔'sɪlɪ〕adj. 愚蠢的　　funny〔'fʌnɪ〕adj. 好笑的
　　a little 一點　　wild〔waɪld〕adj. 瘋狂的

16.
給
予
勸
告

□ 560. ***Take action.*** 　　採取行動。

Make it happen. 　　做就對了。

Now or never. 　　要就現在，不然就沒機會了。

□ 561. ***Staying up late is*** 　　熬夜很可怕。
　　　 horrible.

You'll get pimples. 　　你會長青春痘。

You'll also lose hair. 　　你也會掉頭髮。

□ 562. ***Get enough sleep.*** 　　要有充足的睡眠。

Get adequate rest. 　　要有足夠的休息。

Sleep for seven hours 　　一天要睡七個小時。
　　 a day.

【上面六句話提醒別人睡眠的重要性】

** ──────────────

560. action〔'ækʃən〕*n.* 行動　　***take action*** 採取行動
happen〔'hæpən〕*v.* 發生
Make it happen. 做就對了。(= *Go for it.* = *Just do it.*)
never〔'nɛvɚ〕*adv.* 永不

561. ***stay up*** 熬夜
horrible〔'hɔrəbḷ, 'hɑr-〕*adj.* 可怕的
pimple〔'pɪmpḷ〕*n.* 青春痘
lose〔luz〕*v.* 失去　　***lose*** (*one's*) ***hair*** 掉頭髮

562. sleep〔slip〕*v. n.* 睡眠　　adequate〔'ædəkwɪt〕*adj.* 足夠的
rest〔rɛst〕*n.* 休息

pimple

16.
給予勸告

☐ **563.** ***Don't say*, "*Are you*** | 不要說：「你是美國人嗎？」
American?"
It's not polite. | 那樣不禮貌。
Just say, "Where are | 要說：「你是哪裡人？」
you from?"

☐ **564.** ***Don't swear.*** | 不要罵髒話。
Swearing sounds awful. | 罵髒話聽起來很糟。
Swearing is low-class. | 罵髒話很低級。

☐ **565.** ***Don't hold a grudge.*** | 不要懷恨在心。
Clear the air. | 要消除誤會。
Bury the hatchet! | 要和解！

**─────────────────

563. polite〔pə'laɪt〕*adj.* 有禮貌的
說 "Are you American?" 對其他國家的人不禮貌。

564. swear〔swɛr〕*v.* 發誓；罵髒話　sound〔saund〕*v.* 聽起來
awful〔'ɔfḷ〕*adj.* 可怕的；很糟的
low-class〔'lo'klæs〕*adj.* 低級的

565. hold〔hold〕*v.* 抱持；懷有　grudge〔grʌdʒ〕*n.* 怨恨
hold a grudge 懷恨　clear〔klɪr〕*v.* 把…弄乾淨
clear the air 使空氣清新；消除誤會　bury〔'bɛrɪ〕*v.* 埋葬
hatchet〔'hætʃɪt〕*n.* 短柄小斧；戰斧
bury the hatchet 和解；言歸於好【源自於
北美印地安人和解時將戰斧埋於土中的習俗】

hatchet

□ **566.** ***Don't say waiter or waitress.*** 　　　不要說服務生或女服務生。

Say "Sir" or "Young man." 　　　要說「先生」或「年輕人」。

Say "Miss" or "Young lady." 　　　要說「小姐」或「女士」。

□ **567.** ***Do your job.*** 　　　做你的工作。

Do your duty. 　　　盡你的本分。

It's your responsibility. 　　　這是你的責任。

□ **568.** ***Practice makes perfect.*** 　　　【諺】熟能生巧。

Do it over and over. 　　　要反覆地做。

Do it again and again. 　　　要一再地做。

**────────────

566. waiter〔'wetɚ〕*n.* 服務生　　waitress〔'wetrɪs〕*n.* 女服務生
sir〔sɝ〕*n.* 先生　　***young man*** 青年；年輕人
miss〔mɪs〕*n.* 小姐　　***young lady*** 小姐；女士

567. job〔dʒɑb〕*n.* 工作；任務；職責
duty〔'djutɪ〕*n.* 義務；本分；責任
do one's duty 盡某人的義務；盡某人的本分
responsibility〔rɪˌspɑnsə'bɪlətɪ〕*n.* 責任

568. practice〔'præktɪs〕*n.* 練習　　make〔mek〕*v.* 變得（= *become*）
perfect〔'pɝfɪkt〕*adj.* 完美的　　***over and over*** 反覆地；再三地
again and again 反覆地；一再地；再三地

waiter　waitress

□ 569. ***All that glitters is not gold.***

【諺】閃爍者未必是黃金；中看未必中用；人不可貌相。

Don't be fooled by appearance.

不要被外表欺騙。

Don't judge a book by its cover.

【諺】不要以貌取人。

□ 570. ***Smile a lot.***

要常常笑。

Smile all the time.

要不停地笑。

Smile, and the whole world smiles with you.

當你笑，全世界也跟著你一起笑。

**─────────────

569. ***all…not*** 並非全都【部份否定】　　glitter〔'glɪtɚ〕v. 閃爍
gold〔gold〕n. 黃金　　fool〔ful〕v. 欺騙
appearance〔ə'pɪrəns〕n. 外表　　judge〔dʒʌdʒ〕v. 判斷
cover〔'kʌvɚ〕n. 封面
Don't judge a book by its cover. 字面的意思是「不要以封面來
　　判斷一本書。」也就是「不要以貌取人；人不可貌相。」

570. smile〔smaɪl〕v. 笑；微笑　　***a lot*** 常常（= *often*）
all the time 一直；總是　　whole〔hol〕adj. 整個的
Smile, and the whole world smiles with you. (= *If you smile,
the whole world smiles with you.*) 後半句是 Cry, and you cry
alone. (你哭，全世界只有你一人哭。) 這兩句話的意思是，
不是環境決定心情，而是心情決定環境，要學會樂觀。

□ 571. *You're a big time spender.*   你很會花錢。

Money burns a hole in your pocket.   你留不住錢。

You should save for a rainy day.   你應該未雨綢繆。

【對花錢如流水的人，你可以說這三句話】

□ 572. *No pain, no gain.*   【諺】不勞則無獲。

No sweet without sweat.   先苦後甜；吃得苦中苦，方為人上人。

Nothing worthwhile is easy.   任何有價值的事物都得之不易。

**————————————

571. big time *adj.* 十分的；極度的

spender〔'spɛndə〕*n.* 花錢者；揮霍者   burn〔bɜn〕*v.* 燃燒

hole〔hol〕*n.* 洞   pocket〔'pɑkɪt〕*n.* 口袋

burn a hole in** one's **pocket 口袋燒出一個洞；(錢)留不住；

  一有錢就化掉   save〔sev〕*v.* 儲蓄；存錢

a rainy day 下雨天；將來可能有的苦日子；不時之需

save for a rainy day 為不時之需做準備；未雨綢繆

572. pain〔pen〕*n.* 辛苦   gain〔gen〕*n.* 獲得

sweet〔swit〕*n.* 甜；愉快；快樂

sweat〔swɛt〕*n.* 汗；流汗；艱苦的工作

worthwhile〔'wɜθ'hwaɪl〕*adj.* 值得做的；有真實價值的

☐ 573. ***Never mind***.　　　　　沒關係。
　　　　Forget it.　　　　　　　沒關係。
　　　　It's not important.　　　那不重要。

☐ 574. ***Don't blow it***.　　　　不要搞砸了。
　　　　Don't ruin it.　　　　　不要搞砸了。
　　　　Don't mess things up.　不要把事情搞砸了。

☐ 575. ***Take good care***.　　　要小心一點。
　　　　Take no risks.　　　　　不要冒險。
　　　　Don't be risky.　　　　　不要冒險。

☐ 576. ***Take it easy***.　　　　放輕鬆。
　　　　Take it slow.　　　　　　慢慢來。
　　　　Take a deep breath.　　做個深呼吸。

** ———————————

573. *Never mind*. 沒關係。　　***Forget it***. 沒關係；別再提了。
574. blow〔blo〕*v.* 糟蹋（良機）　***blow it*** 搞砸了
　　　ruin〔'ruɪn〕*v.* 破壞；毀掉；搞砸　　mess〔mɛs〕*v.* 亂弄
　　　mess up 搞砸
575. ***take care*** 小心　　　risk〔rɪsk〕*n.* 風險
　　　take risks 冒險　　risky〔'rɪskɪ〕*adj.* 危險的；冒險的
576. ***take it easy*** 放輕鬆　　***take it slow*** 慢慢來
　　　breath〔brɛθ〕*n.* 呼吸　　***take a deep breath*** 做個深呼吸

16.
給
予
勸
告

□ **577.** *Knowledge is power.* 　　【諺】知識就是力量。

Information is power. 　　資訊就是力量。

Ignorance is a curse. 　　無知是一大災難。

□ **578.** *Yesterday is history.* 　　昨天是歷史。

Tomorrow is a mystery. 　　明天是個謎。

Today is a present. 　　今天是個禮物。

□ **579.** *Fear none.* 　　不要害怕任何人。

Respect all. 　　要尊敬所有的人。

Trust, but verify. 　　要信任，但也要查證。

**————————

577. knowledge〔'nɑlɪdʒ〕*n.* 知識　　power〔'pauɚ〕*n.* 力量
　　information〔,ɪnfɚ'meʃən〕*n.* 資訊
　　ignorance〔'ɪgnərəns〕*n.* 無知　　curse〔kɜs〕*n.* 詛咒；禍害

578. history〔'hɪstrɪ〕*n.* 歷史　　mystery〔'mɪstrɪ〕*n.* 奧祕；謎
　　present〔'prɛznt〕*n.* 現在；禮物
　　關鍵在 present 這個字，是雙關語，表示「現在」，也表示「禮物」。這三句話的重點是，我們能有今天，就是上帝給我們的禮物。這三句話的意思是「昨天已經成歷史了，已經過去了。明天是個謎，還不知道會不會來。今天就是禮物，是最重要的。」這是美國人的文化，強調活在當下。

579. fear〔fɪr〕*v.* 害怕　　none〔nʌn〕*pron.* 沒有人
　　respect〔rɪ'spɛkt〕*v.* 尊敬　　trust〔trʌst〕*v.* 信任
　　verify〔'vɛrə,faɪ〕*v.* 證實；確認

16.
給
予
勸
告

☐ 580. *Get a good start.*　　　　要有好的開始。

Have a good beginning.　要有好的開始。

Well begun is half　　　【諺】好的開始是成功的

done.　　　　　　　　一半。

☐ 581. *Never lose your cool.*　　絕不要失去冷靜。

Never throw a fit.　　　絕不要大發脾氣。

Never lose your head.　絕不要驚慌失措。

☐ 582. *Stay out of trouble.*　　　不要惹麻煩。

Don't ask for trouble.　不要自找麻煩。

Don't get in trouble.　不要惹麻煩。

** ——————————————————

580. start〔start〕*n.* 開始　　beginning〔bɪ'gɪnɪŋ〕*n.* 開始

Well begun is half done. 源自 A thing which is well begun is
half done.

581. cool〔kul〕*n.* 涼爽　　*one's cool* 冷靜

lose one's cool 失去冷靜　　fit〔fɪt〕*n.*（情緒的）突發；發作

throw a fit 勃然大怒；大發脾氣（ = *get very angry and shout or
become violent*）　　*lose one's head* 驚慌失措

582. *stay out of* 不介入；置身於…之外

trouble〔'trʌbḷ〕*n.* 麻煩；煩惱　　*stay out of trouble* 不惹麻煩

ask for 要求　　*ask for trouble* 自找麻煩；自討苦吃

get in trouble 惹上麻煩

16.
給
予
勸
告

☐ **583.** *Tell me ahead.* | 提早告訴我。
Tell me in advance. | 事先告訴我。
Give me a heads-up. | 要給我一個警告。

☐ **584.** *Don't exaggerate.* | 不要誇大。
Don't make it bigger. | 不要誇大。
Don't make a mountain out of a molehill. | 【諺】不要小題大作。

☐ **585.** *Don't judge others.* | 不要批評別人。
Don't care what they think. | 不要在意他們的想法。
Don't compare yourself to others. | 不要拿自己和別人比較。

＊＊────────────

583. ahead〔ə'hɛd〕*adv.* 先；提早
in advance 事先（= *beforehand*）
heads-up〔ˌhɛdz'ʌp〕*n.* 警告【不可説成 *head-up*（誤）】
584. exaggerate〔ɪg'zædʒəˌret〕*v.* 誇大
mountain〔'mauntn̩〕*n.* 山　molehill〔'molˌhɪl〕*n.* 鼴鼠丘
make a mountain out of a molehill 把鼴鼠丘說成是高山；
小題大作
585. judge〔dʒʌdʒ〕*v.* 判斷；批評；指責
care〔kɛr〕*v.* 在乎；介意　compare〔kəm'pɛr〕*v.* 比較
compare A to B 比較 A 和 B（= *compare A with B*）

☐ 586. ***Don't slow down*.**   不要放慢步調。

     Don't lose steam.   不要失去動力。

     Don't run out of gas.   不要耗盡體力。

☐ 587. ***Don't talk the talk*.**   不要只會說。

     Walk the walk.   要確實做到。

     Actions speak louder   【諺】行動勝於言辭；事實勝

      than words.   於雄辯；坐而言不如起而行。

☐ 588. ***Don't make it worse*.**   不要使它更糟。

     Don't add fuel to the   不要火上加油。

      fire.

     Just leave it alone.   不要理它就好。

** ————————————————————

586. ***slow down*** 減低速度；放慢步調

     steam〔stim〕*n.* 蒸氣；活力；精力

     lose steam 失去動力；失去熱情；洩氣   ***run out of*** 用完

     gas〔gæs〕*n.* 汽油   ***run out of gas*** 燃料用盡；耗盡體力

587. ***talk the talk*** 只會說；只出一張嘴

     walk the walk 說做就做；付諸行動

     actions〔'ækʃənz〕*n. pl.* 行為   loud〔laud〕*adv.* 大聲地

     words〔wɜdz〕*n. pl.* 言語；話

588. worse〔wɜs〕*adj.* 更糟的   add〔æd〕*v.* 加

     add A to B 把 A 加到 B 上   fuel〔'fjuəl〕*n.* 燃料

     add fuel to the fire 火上加油   ***leave~alone*** 不理會~

☐ **589.** *Be alert.*   要有警覺。

Be aware.   要注意。

Pay attention.   要注意。

☐ **590.** *Be frank.*   要坦白。

Be straight with me.   要坦白對我說。

Don't beat around the   不要拐彎抹角。
bush.

☐ **591.** *Don't worry now.*   現在不要擔心。

Don't get uptight.   不要緊張。

Don't cross a bridge   【諺】到了橋再過橋；船到
till you come to it.   橋頭自然直。

** ────────────────

589. alert〔əˋlɝt〕*adj.* 警覺的
aware〔əˋwɛr〕*adj.* 知道的；注意到的
attention〔əˋtɛnʃən〕*n.* 注意力   *pay attention* 注意

590. frank〔fræŋk〕*adj.* 坦白的
straight〔stret〕*adj.* 直率的；坦白的
be straight with sb. 坦白對某人說   beat〔bit〕*v.* 打
around〔əˋraʊnd〕*prep.* 在…四處   bush〔bʊʃ〕*n.* 灌木叢
beat around/about the bush 拐彎抹角

591. worry〔ˋwɝɪ〕*v.* 擔心   uptight〔ˋʌpˏtaɪt〕*adj.* 緊張的
not…till 直到～才… (= *not…until*)   cross〔krɔs〕*v.* 越過
bridge〔brɪdʒ〕*n.* 橋   till〔tɪl〕*conj.* 直到

16.
給予勸告

☐ 592. *Chin up!* | 打起精神來！

Cheer up! | 振作起來！

Things will get better. | 情況會好轉。

☐ 593. *Come on!* | 快點！

Do better. | 你可以做得更好。

Pick it up! | 要繼續努力！

☐ 594. *Be patient*. | 要有耐心。

Hold your horses. | 稍安勿躁。

All in good time. | 不要急。

＊＊────────────

592. chin〔tʃɪn〕*n.* 下巴　　*Chin up!* 打起精神來！；加油！
cheer〔tʃɪr〕*v.* 歡呼；使振奮
Cheer up! 高興起來！；振作起來！
things〔θɪŋz〕*n. pl.* 事情；情況

593. *come on* 快點【用於鼓勵某人做某事，尤指促其加速或努力試一試】
Do better. 源自 You can do better.
pick it up 繼續工作；繼續戰鬥

594. patient〔'peʃənt〕*adj.* 有耐心的
hold〔hold〕*v.* 抓住；壓抑；抑制　　horse〔hors〕*n.* 馬
hold one's horses 字面意思是「抓住馬」，引申為「沈住氣；
　鎮靜；稍安勿躁」。　　*in good time* 適時；在合宜時刻
All in good time. 快了；別急；等時候到了，它自然會發生。
　也可説成：All things come to those who wait.（【諺】懂得
　等待的人是最大的贏家；忍為上策。）

□ 595. *Take chances*.　　　　　　　要冒險。

　　　　Try new things.　　　　　　要嘗試新事物。

　　　　Nothing ventured,　　　　　【諺】不入虎穴，焉得虎子。

　　　　　　nothing gained.

□ 596. *Endure it*.　　　　　　　　要忍耐。

　　　　Put up with it.　　　　　　要忍耐。

　　　　Bite the bullet.　　　　　　要咬緊牙關應付。

□ 597. *Be tough*.　　　　　　　　要耐操。

　　　　Try your best.　　　　　　要盡全力。

　　　　Try really hard.　　　　　要非常努力。

＊＊────────────

595. chance〔tʃæns〕*n.* 機會；危險；冒險
　　take chances 冒險（ = *take risks* ）
　　venture〔ˈvɛntʃɚ〕*v.* 冒險【名詞是 adventure】
　　gain〔gen〕*v.* 獲得
　　Nothing ventured, nothing gained.「不冒險，就不會獲得。」
　　　也就是「不入虎穴，焉得虎子。」也可說成：Nothing venture,
　　　nothing have.

596. endure〔ɪnˈdjʊr〕*v.* 忍受　　*put up with* 忍受
　　bite〔baɪt〕*v.* 咬　　bullet〔ˈbʊlɪt〕*n.* 子彈
　　bite the bullet 咬緊牙關；硬著頭皮；忍受巨大的痛苦

597. tough〔tʌf〕*adj.* 強韌的；頑強的　　*try one's best* 盡力
　　try hard 努力　　really〔ˈriəlɪ〕*adv.* 真地；非常地

16.
給予勸告

【 做事要專心，做人要樂觀，要有行動力 】

□ 598. *Be committed*.　　　要專心。

Be dedicated.　　　要投入。

Totally focus on your　　要完全專注於你的目標。
　　goal.

□ 599. *Be positive*.　　　要樂觀。

Be productive.　　　要有生產力。

Get things done.　　　要把事情做好。

□ 600. *Be on fire*.　　　要興奮。

Be full of passion.　　要充滿熱情。

Be a person of action.　要做一個行動家。

** ————————————

598. committed〔kə'mɪtɪd〕*adj.* 專心的；全力以赴的
Be committed. 也可說成：Commit yourself.
dedicated〔'dɛdə,ketɪd〕*adj.* 投入的
Be dedicated. 也可說成：Dedicate yourself.
totally〔'totḷɪ〕*adv.* 完全地　　focus〔'fokəs〕*v.* 集中
focus on 專注於　　goal〔gol〕*n.* 目標

599. positive〔'pɑzətɪv〕*adj.* 正面的；積極的；樂觀的
productive〔prə'dʌktɪv〕*adj.* 有生產力的
get〔gɛt〕*v.* 使　　done〔dʌn〕*adj.* 完成的

600. *on fire* 著火；興奮的；熱中的　　*be full of* 充滿
passion〔'pæʃən〕*n.* 熱情　　action〔'ækʃən〕*n.* 行動
a person of action 行動家

📋 句子索引

句子索引

句子索引

句子索引

句子索引

句子索引

句子索引

句子索引

句子索引

🔓 關鍵字索引

關鍵字索引

關鍵字索引

關鍵字索引

關鍵字索引

關鍵字索引

關鍵字索引

關
鍵
字
索
引

窮人看現在，有錢人看趨勢！

你在捷運上，看到的都是手機。手機上聊天、玩遊戲、都是浪費時間，用手機上「快手」、「抖音」網站，用英文留言，這是心對心的交流，朋友越多，英文越進步。

「英文三句金寶典」協助你使用英文，不是普通的英文，不是書本裡硬梆梆的英文，是Perfect English高檔英文，會讓你受歡迎，朋友越來越多。

使用「英文三句金寶典」中的句
子，在「快手」和「抖音」上，
「單詞教父劉毅」網站上，天天
用英文留言，你的英文越來越溜，
越來越Perfect。

「英文三句金寶典」教你高檔英文，你可以成為優秀的演說家，說出來的英文令人感動，人緣、財源自然滾滾而來。